취미가 나를 만들 때

취미가 나를 만들 때

발행일	2026년 4월 10일
지은이	정영미, 이은진, 손경애, 권광택, 하주언, 장은경, 황의순, 윤은영, 이예주
펴낸이	손형국
펴낸곳	(주)북랩

출판등록	2004. 12. 1(제2012-000051호)
주소	서울특별시 금천구 가산디지털 1로 168, 우림라이온스밸리 B동 B111호, B113~115호
홈페이지	www.book.co.kr
전화번호	(02)2026-5777 팩스 (02)3159-9637

ISBN	979-11-7598-227-7 03810 (종이책) 979-11-7598-228-4 05810 (전자책)

작가 연락처 문의 ▸ ask.book.co.kr

전용 게시판에 문의를 남기시면 저자에게 직접 전달됩니다.

(주)북랩 성공출판의 파트너

북랩 홈페이지와 SNS에서 다양한 출판 솔루션을 만나 보세요!

홈페이지 book.co.kr • **블로그** blog.naver.com/essaybook • **출판문의** text@book.co.kr
카톡채널 북랩

시간이 성장의 동력이 되기까지

취미가 나를 만들 때

정영미 · 이은진 · 손경애 · 권광택 · 하주언

장은경 · 황의순 · 윤은영 · 이예주 지음

북랩

삶이 바쁘다는 말은 나를 설명하는 가장 쉬운 표현이었다. 가정을 꾸리고, 아이를 키웠다. 일을 이어가며 하루를 보내는 동안 나를 위한 시간은 우선순위에서 밀려났다. 해야 할 일은 많았고, 나중에 해도 될 일들만 차곡차곡 쌓여 갔다. 그러다 문득 이유 없는 피로감과 공허함이 반복되었다. 특별히 큰 문제가 있는 것은 아니었지만, 이대로 흘러가도 괜찮은지 스스로에게 묻게 되는 일이 늘어났다.

무언가를 잘해야겠다는 목표도, 삶을 바꿔보겠다는 다짐도 없었다. 삼십 대 중반 방송대 공부하던 시절 만난 춤은 몸 움직이는 즐거움을 느끼게 해주었다. 반복되는 동작과 리듬 속에서 머릿속 생각은 잠시 멈추었고, 오롯이 현재에 집중하는 시간이었다. 춤은 삶에서 '나만의 시간'이 얼마나 중요한지 깨닫게 했다.

이후 산행을 시작하며 또 다른 의미를 갖게 되었다. 처음에는 가까운 산을 오르는 것만으로도 충분했다. 계절마다 달라지는 풍경을 마주하며 걷는 시간은 복잡한 마음을 단순하게 만들었다. 작은 호기심에서 시작된 산행은 점차 범위가 넓어졌고, 어느새 100대 명산 완등이라는 긴 여정으로 이어졌다. 산은 빠르게 오르는 법보다 꾸준히 걷는 법을 가르쳐 주었다. 포기하고 싶을 때 속도를 줄이거나 길을 바꾸는 선택도 가능하다는 사실을 몸으로 배우게 되었다.

몸의 변화는 또 하나의 전환점이었다. 나이가 들며 찾아온 통증은 생활의 불편함을 넘어 삶의 리듬을 흔들었다. 그때 시작한 근력 운동은 단순한 체력 관리가 아니라, 나 자신을 돌보는 연습이 되었다. 운동을 통해 몸의 신호에 귀 기울이게 되었고, 무리하지 않으면서도 꾸준히 이어가는 방법을 알게 되었다.

독서와 글쓰기를 통한 배움 또한 태도를 바꾸는 계기가 되었다. 책 한 장을 넘기고, 글 몇 줄 써 내려가는 과정에서 모르던 것을 알아가는 기쁨과 할 수 없을 것 같던 일들을 해내는 경험을 쌓아가고 있다. 배움은 삶의 방향을 더욱 구체적으로 안내해 주었다.

이 책은 취미가 어떻게 시작되었는지, 어떻게 삶을 지탱하는 기반이 되었는지, 취미에 몰입하며 에너지를 유지하는 방법과 그 과정에서 삶의 태도와 방향이 어떻게 달라졌는지를 담고 있다. 취미는 삶을 대신 살아주지는 않지만, 다시 바라볼 힘을 준다. 어쩌면 취미의 시작은 특별한 재능이나 환경이 아니라, 지금의 삶에 대한 작은 질문 하나에서 비롯되었는지도 모른다.

"지금의 나를 지탱해 주는 것은 무엇이었던가?"

『취미가 나를 만들 때』는 바쁜 일상에서 각기 다른 취미를 시작하게 된 아홉 명의 이야기다. 해냄 공저 5기로 만난 우리는 각자의 자리에서 성실히 살아온 평범한 사람들이지만 '이제 나의 이야기를 써야겠다'라는 마음으로 글을 쓰기 시작했다. 그렇게 2025년 11월 18일, 아홉 명의 작가가 한자리에 모였다.

1장 「삶의 틈새에서 만난 나의 구원자, 취미의 탄생」에서는 바쁜 일상에서 취미를 시작하게 된 계기와 삶의 필요성을 다룬다.

2장 「몰입의 즐거움, 취미를 지속 가능하게 만든 기술과 루틴」에서는 취미를 꾸준한 습관으로 만들어 간 과정을 공유한다.

3장 「취미 활동이 만들어낸 내 삶의 결정적 변화」에서는 취미
가 태도와 관계, 삶의 방향에 가져온 변화를 살펴본다.
4장 「취미 너머의 세계, 나의 브랜드가 되어 빛나다」에서는 취미
가 자신만의 정체성과 확장으로 이어진 이야기를 담았다.

아홉 명의 취미 이야기가 누군가에게는 삶을 돌아보는 계기가
되고, 누군가에게는 작은 용기를 내는 출발점이 되기를 바란다.

2026. 2. 28.
정영미 작가(JYM 인형이야기)

차례

2장 몰입의 즐거움, 취미를 지속 가능하게 만든 기술과 루틴

3장 취미 활동이 만들어낸 내 삶의 결정적 변화

4장 취미 너머의 세계, 나의 브랜드가 되어 빛나다

1장

삶의 틈새에서 만난
나의 구원자, 취미의 탄생

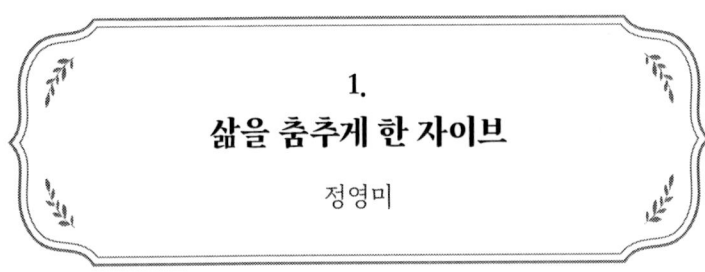

1.
삶을 춤추게 한 자이브

정영미

아이들 키우며 동화구연 강사 활동 시작했을 때, 마음속에 막연한 질문 하나를 품고 있었다.

'교육이란 무엇일까? 사람들의 마음을 움직이는 힘은 어디에서 나올까?'라는 답을 찾고 싶어 2003년 방송대 교육과에 편입했다. 고등학교 때는 이과반이었고, 대학에서는 식품영양을 전공했던 나에게 교육학은 낯선 용어로 가득했다. 오랜만에 다시 시작한 공부는 생각보다 힘들었다. 책만 펴면 눈꺼풀이 무거워졌다. 컴퓨터 앞에 앉아 듣는 방송 강의는 자장가처럼 들렸다. 어느 날 방송 강의를 틀어놓은 채 책상에 엎드려 잠이 들었다. 거실에 있다가 방으로 들어온 다섯 살 딸이 깜짝 놀라 울먹이며 나를 흔들어 깨웠다.

"엄마, 엄마! 죽은 줄 알았어."

잠에서 깨며 피식 웃음이 나왔지만, 동시에 마음 한쪽이 쩡했다. 집에서 혼자 공부하는 데에는 분명한 한계가 있었다. 그래서 충북지역대학 스터디 모임에 나가기 시작했다. 스터디 회원들과 함께 분량을 정해 책을 읽고 생각을 나누자, 이해가 훨씬 잘되었다. 매주 한 번 스터디에 가는 시간이 기다려졌다. 공부가 재미있어졌다. 학교생활은 삶에 새로운 활력을 불어넣어 주었다. 무엇보다 사람들을 만나고 배우는 과정이 마치 제2의 대학생이 된 거 같아 좋았다.

2005년, 4학년이 되던 해 뜻밖의 제안을 받았다. 충북 지역 동아리연합회장을 맡아달라는 것이었다. 임원 경험도 없던 나에게 회장이라는 직책은 부담스러웠다. 그러나 도와주겠다는 주변의 응원에 용기를 냈다. 당시 충북 지역 동아리연합은 전임 회장의 활동 부재로 존폐 위기에 놓여 있었다. 처음부터 다시 시작해야 하는 상황이었다. 동아리를 살리기 위해서는 새로운 동아리와 학생들이 참여할 수 있는 다양한 취미 활동이 필요했다. 어떤 동아리를 만들지 고민하던 중, 댄스스포츠 동아리를 지도할 수 있다는 학우가 나타났다. 그 순간 예전에 엄마가 해주었던 말씀이 떠올랐다.

"춤출 줄 알면서 안 추는 것과 못 춰서 안 추는 건 다르다. 기회가 되면 꼭 배워라."

사십 대의 엄마, 아빠는 동네 지인들과 집에서 지르박 음악을 틀어놓고 춤을 추며 재미있게 사셨던 분들이다. 그 기억이 댄스스포츠 동아리를 만들게 한 결정적인 계기가 되었다. 첫 번째 이유는 동아리 활성화를 위해서였고, 두 번째는 나 자신을 위해서였다. 그렇게 생애 처음 자이브를 배우기 시작했다. 댄스스포츠 동아리에 자이브 배우러 가는 날이면 엄마가 아이들을 봐주셨다. 강의실 책상을 한쪽으로 밀어놓고 기본 스텝을 연습했다.

"원, 투, 쓰리, 아 포!"

구령에 맞춰 한 달 동안 기본 스텝만 연습했다. 솔직히 지루한 시간이었다. 무한 반복 속에서 내 몸에 오래 잠들어 있던 감각이 서서히 깨어나기 시작했다. 하나씩 순서를 익히다 보니 동작이 이어졌고, 마침내 춤이 되었다. 연말이 되어 동아리 축제를 준비하면서 우리는 몇 가지 동작만 완벽하게 익혀 무대에 오르기로 했다. 반짝이는 단체옷을 입고 무대에 등장하자 객석 여기저기서 킥킥 웃음소리가 터져 나왔다. 몸도 동작도 어색한 아줌마, 아저씨들의 무대는 아이들 학예회처럼 보였을 것이다. 그러나 그 무대는 내 인생에서 처음 느껴보는 떨림의 순간이었다. 무대 위에 서서 깨달았다.

'나도 무대에 설 수 있는 사람이구나'

춤을 배운 덕분에 성인이 되어 처음으로 무대에 오른 날이었다.

그로부터 10년이 흘러 사십 대 중반이 되었다. 아이들이 고등학생 되면서 육아에서 어느 정도 자유로워졌다. 그러자 마음 한 구석에서 또 다른 갈증이 올라왔다. 초등학교 모임에서 우연히 들은 이야기가 다시 춤으로 이끌었다. 친구 수철이가 청주대학교 평생교육원에서 스포츠댄스를 배우고 있다는 이야기였다. 더 놀라운 사실은 그곳의 강사님이 10년 전 방송대에서 댄스스포츠 동아리를 지도해 주셨던 바로 그분이라는 것이었다. 강좌가 이미 시작된 뒤였지만 망설임 없이 등록했다. 다시 춤을 배우자 잊고 지냈던 설렘이 되살아났다. 예전에 몸으로 익혀두었던 자이브 기본 스텝 덕분에 뒤처진 진도도 금세 따라갈 수 있었다. 음악과 함께 추는 자이브는 즐겁고 신이 났다. 댄스스포츠는 한 학기가 끝나면 수료식 날 단체로 나이트나 콜라텍에 가서 그동안 배운 춤으로 실습했다. 쿵쿵 울리는 음악 속에서 연습한 춤을 추다 보면 몸과 마음에 활력과 열정이 차오르는 것이 느껴졌다.

초등학교 친구 네 명이 함께 청주대학교 평생교육원 댄스스포츠를 다녔다. 우리는 영수가 운영하는 요양원에서 자이브 공연을 하기로 했다. 목표가 생기자, 연습은 더욱 진지해졌다. 공연 중 순서를 틀리지 않기 위해 수업이 끝난 뒤에도 지치도록 반복적으로 연습했다. 여전히 서툰 학예회 같은 무대였지만, 어르신들은 환하게 웃으며 큰 박수를 보내주셨다. 박수는 우리에게 뿌듯함과 흐뭇함을 선물했다. 공연이 끝난 뒤, 예상하지 못한 장면이 펼쳐졌다. 지르박 음악이 흐르자, 거동이 가능한 치매 어르신들이 환하게 웃으며 춤을 추기 시작한 것이다. 한 할아버지가 할머니에게 손을 내밀자, 할머니는 "나는 남자랑 춤 안 춰." 하며 손을 뿌리쳤다. 그런데 함께 간 남자 회원 중 한 사람이 손을 내밀자, 할머니는 그 손을 덥석 잡고 신나게 지르박을 추셨다. 그 장면은 지금도 잊히지 않는다. 몸의 기억은 마음보다 오래 남아 있었다. 춤은 사람의 마음을 일으켜 세우는 특별한 힘을 지니고 있었다. 그날 이후 작은 소망이 생겼다.

'춤으로 어르신들을 100번 웃게 하자. 언젠가 지역 방송에도 한번 나가보자.'

평생교육원에서 함께 댄스스포츠를 배운 사람들과 백 번의 자원봉사 공연을 하고 싶었다. 요양원, 주간보호센터, 장애인시설을 찾아다니며 자이브, 룸바, 차차차, 지르박 공연을 이어갔다. 그러던 중 코로나19가 찾아오면서 모든 계획은 멈추었다. '조금만 지나면 다시 춤을 출 수 있겠지' 하며 기다렸지만, 어느새 시간은 3년이나 흘러갔다. 함께 춤을 추던 사람들은 각자의 삶으로 흩어졌고, 연습했던 춤의 순서도 대부분 잊어버렸다. 칠십 대가 되어 콜라텍에서 춤추며 노년을 보내겠다는 작은 꿈도 점점 희미해졌다.

신기하게도 꿈은 다른 모습으로 이어졌다. 춤 대신 인형극이 내 삶을 다시 움직이기 시작한 것이다. 코로나19 시기, 소규모 복화술 인형극은 오히려 좋은 반응을 얻었다. 어설펐던 복화술은 코로나19 시기를 지나며 차곡차곡 실력이 쌓였다. 밖에서 사람을 만나던 시간 대신 집에서 꼼지락거리며 양말 인형과 모루 인형을 만들었다. 춤으로 몸을 움직이던 감정은 인형이라는 매개를 통해 다시 사람들의 마음을 두드리기 시작했다. 지금 돌아보면 지나온 모든 시간이 고맙다. 춤을 통해 느꼈던 가슴 뛰는 설렘과 열정은 사라지지 않았다. 다만 다른 모습으로, 다른 형태로 여전히 나를 움직이고 있을 뿐이다.

자이브는 삶의 빈틈을 채우고, 나를 다시 살아 숨 쉬게 했다. 춤은 나를 무대로 데려다주었고, 인형극으로 다시 사람들 앞에 서게 해주었다. 취미는 삶을 다시 시작하게 하는 두 번째 엔진이다. 만약 당신의 마음이 무언가에 조금이라도 움직이고 있다면, 그 욕구를 믿어도 좋다. 우리 삶을 다시 춤추게 만드는 힘은 언제나 우리 안에 있다. 자이브는 내 안에 오래 잠들어 있던 열정을 깨우는 신호탄이었다.

2.
부지런한 삶을 바꾸어 준
콩돌이 산책

이은진

집에서 학교까지 버스가 몇 대 다니지 않아 걸어 다닐 수밖에 없었다. 매일 30분 이상 걸으며 하루를 시작했다. 비가 오나 눈이 오나 예외는 아니었다. 어린 마음에 왜 우리 집은 버스도 많이 다니지 않는 곳에 있는 걸까, 학교 근처에 집이 있으면 좋겠다는 생각을 수없이 했다. 엎어지면 코 닿을 거리에 집이 있는 친구들은 5분이면 등교해서 부러웠다. 중학교도 초등학교 옆에 있어 중학교 졸업할 때까지 9년간 걸어 다녔다.

대학교 진학하면서 자취를 시작했다. 자취방은 망설임 없이 학교 주변에서 찾았다. 아침마다 지쳐서 걷던 기억이 몸에 남아 있었기 때문이다. 자취방은 학교 정문에서 보였다. 학교 주변에 집이 있으니, 등하교가 수월했다. 1교시 수업 10분 전에 일어나도 수업에 지각하지 않는 게 가능했다. 주거 선택에 있어 생활 동선은 짧아야 편리하다는 것을 알게 되었다. 자취방은 학교 근처로 하길 지금도 추천한다.

취업 후에도 병원 근처로 집을 구하고자 했다. 간호사는 교대 근무를 하게 된다. 출퇴근 거리를 고려하지 않을 수 없다. 특히 야간 근무는 아침에 퇴근한다. 퇴근 후 병원에서 집까지 짧은 거리조차 버겁게 느껴진다. 처음 입사했을 땐 병원 기숙사에 살았다. 걸어서 10분 정도 걸린다. 병원 기숙사 생활을 마치고 병원 후문에서 걸어서 5분 거리에 있는 오피스텔에서 자취했다. 출퇴근 시간이 10분에서 5분으로 단축되었다. 줄어든 시간 5분은 단순한 거리 이상의 휴식과 안정으로 다가왔다.

결혼 후에는 남편이 살고 있던 아파트에서 신혼을 시작했다. 출퇴근 거리가 멀어졌다. 7개의 버스 정류장을 거쳐야 한다. 버스 정류장 5개 이상은 걷지 못할 거리라고 생각했다. 그래도 출퇴근 할 만했다. 버스로 10분, 걸으면 20분에서 30분 정도 걸린다. 걷기 좋은 거리였지만 늘 버스를 타고 출퇴근했다. 걷는 시간은 점점 줄어들었다.

종합병원에서 대학병원으로 이직했다. 8년 차 간호사의 대학병원 적응은 쉽지 않았다. 2년 근무하고 퇴사했다. 퇴사 후 1년 뒤 시골에서 태어난 강아지를 데려오게 되었다. 3개월 된 강아지 콩돌이와의 첫 만남은 여전히 생생하다. 강아지를 키우지 않았던 시절부터 나에겐 로망이 있었다. 공원에서 산책 줄을 잡고 머리카락 휘날리며 여유롭게 강아지 산책하는 모습이다. 예방접종이 끝나기만을 손꼽아 기다렸다. 예방접종을 하고 면역력이 생긴 후에 산책할 수 있다. 드디어 산책 가능한 시기가 되었다. 첫 산책은 집 앞 공원에서 시작했다. 매일 같은 공원에서 산책했다. 콩돌이는 매일 세상을 처음 보듯이 코를 땅에 킁킁대며 공원을 신나게 돌아다녔다. 강아지는 매일 산책해야 한다. 콩돌이를 위해 시작했던 10분 산책이 어느새 20분, 30분 자연스레 늘어났다. 덩달아 나의 걷기 시간도 늘어났다. 집 주변 공원만 걷다가 점점 다른 길이 궁금해졌다. 조금 더 멀리, 조금 더 새로운 곳으로 발걸음을 옮겼다. 만 보 걷기를 시작했다. 만 보 걷기 하려면 1시간 30분 이상 걸어야 한다. 차를 타고 갈 수 있는 곳이라고 생각했던 곳도 두 발로 걷고 있었다. 걷다 보니 체력도 좋아지고, 생각 정리도 되었다. 몸과 마음이 건강해졌다. 어디든 걸어서 갈 수 있겠다는 자신감도 생겼다. 대학병원 이직했을 당시에 걷기 습관이 있었으면 어땠을까? 강아지와 걷기하면서 복잡한 마음이 정리되고, 피로했던 몸이 회복되고, 다시 출근할 수 있는 에너지가 생겼다.

집 근처에 있던 어린이 놀이터 모래사장에서 콩돌이 산책하고 있던 날이다. 콩돌이는 바닥에 코를 대고 킁킁거렸다. 그러다 입 안에 머금고 이빨로 아그작거리며 씹고 있었다. 그것은 바로 놀이터 모랫바닥에 떨어진 닭 뼈다귀였다. 누군가 놀이터에서 치킨을 먹고 그냥 버렸나 보다. 나는 다급히 목줄을 잡아당기며 콩돌이 입에 있던 닭 뼈다귀를 빼내며 아! 소리를 쳤다. 콩돌이는 어안이 벙벙했다. 그 순간 사람이 버린 쓰레기 때문에 아무것도 모르는 콩돌이에게 소리치는 게 무슨 의미가 있나 싶었다. 강아지를 혼내는 대신 아예 먹지 못하도록 치워야겠다고 생각을 바꾸었다. 배변 봉투 들고 하나둘 쓰레기 줍기 시작했다. 산책과 동시에 쓰레기를 주우며 길을 청소했다. 쓰레기가 가득했던 길가는 깨끗해졌다. 뿌듯했다. 공공화장실 문에 붙어 있는 문구가 있다. "아름다운 사람은 머문 자리도 아름답다." 머문 자리를 아름답게 하는 사람이 되고 싶었다. 콩돌이와 내가 지나온 산책길은 언제나 깨끗했으면 한다.

수원에서 살다가 남편의 직장 발령으로 연고도 없이 청주로 이사를 오게 되었다. 모든 것이 낯설었다. 낯선 동네를 알아가고자 네이버 지도를 보며 이곳저곳을 걸었다. 걷다 보니 동네마다 풍경이 달랐다. 지웰시티 동네는 도시풍경이지만, 문암동이나 정하동은 시골 풍경으로 정겨웠다. 청주를 알아가는 재미 쏠쏠했다. 낯선 지역이라 할 게 없을 줄 알았는데, 매일 새롭고 재미있는 곳이 되었다. 차로 다니면 가지 못하고 보지 못했을 동네까지 갔다. 그렇게 매일 조금씩 걸으며 청주를 탐방했다. 콩돌이와 함께 걷는 길은 외롭지 않았다. 낯설던 청주는 어느새 내 일상의 배경이 되었다.

내가 이렇게 공저를 쓰고 있는 것도 콩돌이와의 산책 덕분이다. 집 앞 공원에서 산책하고 새로 생긴 서점 시트북 스토어 구경하러 갔다. 2층 계단 올라가는 벽에 독서 모임 안내 포스터가 붙어 있었다. 한 달에 한 번 서점에서 독서 모임에 참여했고, 이선희 선생님과 인연이 되어 공저를 쓰게 되었다. 콩돌이와 산책하지 않았다면 기회가 없었을 뻔했다.

매일 걷다 보니 달리고 싶어졌다. 콩돌이와 함께 무심천을 달렸다. 처음엔 1분만 뛰어도 숨이 가빠왔다. 하루이틀 매일 달렸다. 어느새 10분 달리기도 거뜬해졌다. 걷기는 물론 달리기와는 담을 쌓고 있었는데, 콩돌이와의 걷기는 나를 걷고 달리는 간호사로 바꿔주었다. 무심천에서 마라톤대회가 있어 10㎞ 신청했다. 마라톤 연습이 필요했다. 일도 하고 있어서 하루 중 온전히 연습할 시간이 부족할 뿐더러 연습하기도 지루했다. 퇴근할 때 마라톤 연습 삼아 달리기로 했다. 한 달 정도 병원에서 집까지 5.9㎞

되는 거리를 퇴근 달리기로 했다. 집에 오면 온몸이 땀에 젖었지만, 개운함과 성취감은 벅차 올랐다. 따로 마라톤 연습 시간을 내지 않아도 되었다. 10㎞ 마라톤 대회에서 1시간 7분 걸려 완주했다. 콩돌이와의 산책으로 내 인생에 시작도 못 할 마라톤도 하게 되었다.

이제는 집마다 자동차를 갖추고 사는 것이 당연해졌다. 가까운 거리조차 차로 오가는 일이 일상이 되었다. 나 역시 그런 삶에 익숙해져 있었다. 하지만 콩돌이와 산책을 시작하면서 조금씩 변화가 찾아왔다. 걷는 시간이 즐겁고, 만 보 걷기를 넘어 출퇴근은 운동이 되었다. 버스 정류장 7개 이상은 차 타고 가야 한다는 고정관념도 사라졌다. 걷는 시간이 쌓이면서 체력도 눈에 띄게 좋아졌다. 예전엔 숨이 차던 계단도 이제는 거뜬히 오를 수 있고, 마음도 훨씬 가벼워졌다. 걷는 동안 머릿속이 정리되고, 쌓였던 스트레스가 조금씩 사라졌다. 콩돌이 덕분에 시작한 산책은 어느새 삶을 풍요롭게 하는 취미가 되었다. 단순한 걷기라는 행동이 내 삶을 이렇게 바꿀 줄은 몰랐다. 지금은 안다. 걷는다는 것은 결국 나를 살아있게 하는 힘이라는 것을. 콩돌이와 나는 매일 걸으며 사랑도 나누고 건강한 하루를 이어갈 것이다.

3.
물에 대한 두려움을 없애고
건강을 지켜준 수영

손경애

무릎이 아팠다. 어느 날 갑자기 왼쪽 무릎에 심한 통증이 왔다. 한 발짝도 걸을 수가 없었다. 1996년 5월 어느 날 출근하는 통근버스에서 일어난 일이다. 회사에서 내가 맡은 일은 기계에서 찍어 나오는 접시를 검사하는 일이다. 화장실조차도 갈 수가 없을 정도로 심각했던 통증에 회사를 잠깐 쉬어야 하나 그만두어야 하나 고민이 들었다. 하지만 회사를 그만둘 수는 없었다. 퇴근하면서 용암동에 있는 장준우 정형외과에 가서 검사하니 퇴행성 관절염이라고 한다. 원장님은 치료를 위한 가장 좋은 방법으로 운동을 권해주셨다. 수영이었다. 아직 오십도 안 되었는데 퇴행성 관절염이라니 나의 몸 상태를 생각하니 정말 기가 막혀 눈물이 났다. 병원에서 물리치료를 받고 집으로 돌아와 그날부터 뜨거운 물로 족욕을 시작했다. 치료를 위해서 내 몸을 돌보는 일을 우선했다. 밥은 안 먹어도 족욕은 멈추지 않았다. 쉽게 통증은 나아지지 않았고 걱정이 커질 즈음 열흘이 지났다. 큰딸이 수영복을 사서 가지고 왔다. 딸의 도움으로 매일 퇴근 후에 수영장에 갈 수 있었다. "이래서 딸은 꼭 있어야 할 거 같다." 딸 덕분에 나는 쌍둥이 체육관에 있는 수영 강습에 등록했고 매일 수영장에 갔다.

사실 나는 물공포증이 있었다. 아들이 어렸을 때 일이었다. 삼탄강으로 놀러 갔다. 물에 빠져 허우적거리는 나를 남편이 구해주었다. 강 중간에 모래를 파내서 구덩이가 깊은 줄도 모르고 아이들과 같이 물속에서 놀아주고 있는데 갑자기 헛발을 디뎌 그 깊은 구덩이로 빠져 버린 것이다. 그때의 아찔했던 경험이 물에 대한 심각한 공포증을 만들어낸 것이다. 다리의 고통 탓에 어쩔수 없이 수영장에 갔지만, 삼탄강 공포 때문에 물속으로 금방 뛰어들지 못했다. 그때 수영 강사님은 나에게 일 년이 가도 물에 뜨지도 못할 거라고 말했다. 어느 날은 수영장 한가운데서 허우적거려 강사님이 잡아준 적도 있다. 그러나 아픈 무릎을 낫게 하기 위해서 열심히 물속에 들어가려고 노력했다. 두려움과 싸우다 보니 어느새 물에 적응하기 시작했고. 가을이 오고 겨울이 와도 하루도 빠지지 않고 수영장에 갔다. 쌍둥이수영장은 국제 규격으로 50미터이다. 3월 중순쯤 나는 50미터를 완주했다. 그 뒤 한 바퀴도 돌았다. 드디어 해 냈다. '나는 두려움아! 잘 가'라는 인사를 했다.

수영을 시작한 지 근 일 년이 다 되어갔다. 회사에서 화장실을 다녀오려면 5분에서 7분 정도 걸린다. 무릎이 아픈 후로는 15분 정도 걸렸다. 먹고 사는 것이 뭔지 아픈 다리로 열심히 회사에 출근은 했다.

4월 10일(지금도 날짜를 기억한다.) 나는 화장실로 뛰어갔다. 아프지 않았다. 어! 무릎이 괜찮았다. 화장실을 가다 말고 깜짝 놀랐다. 아무렇지 않게 화장실로 뛰어가는 내 모습을 보고 내가 정말 놀란 것이다. 그날부터 수영장을 매일 빠짐없이 다녔다. 비가 오나 눈이 오나 수영장 청소하는 날에는 다른 수영장으로 다녔다. 충북학생수영장, 청주 농고 수영장 등 수영장이라고 하는 곳은 다 쫓아다녔다. 무릎이 아프지 않으니 마음 놓고 걸어 다닐 수가 있었기에 큰딸은 학교 일로 바쁘면 가지 말라고 했다. 그렇게 혼자서 버스를 타고 다니며 수영장을 다녔고 아예 집 근처인 방서동 충북체육회관 학생 수영장으로 옮겨서 다녔다. 길이는 짧았지만, 왕복 15바퀴는 쉬지 않고 돌 수 있는 실력이 되었다. 그리고 물속에서 하는 잠영도 거침없이 했다.

드디어 몸에 균형이 잡혔다. 무릎은 물론이고 몸매도 근육이 생겨 탄탄해지기 시작했으며 몸무게 역시 많이 줄었다. 수영하기 전에는 57kg이던 것이 수영 후는 51kg이 되었다. 다이어트가 아주 잘 되었다. 나는 누구든지 무릎이 아프다고 하면 수영을 권하는 수영 예찬론자가 되었다. 한국 도자기라는 회사 특성상 무릎이 안 좋은 사원이 많았다. 동료 사원들에게는 수영을 해보라고 권했고, 언니들은 지금도 열심히 수영장을 다닌다. 회사에서 퇴근할 때 통근버스로 수영장에 갔고, 수영 후는 꼭 걸어서 집으로 오기를 반복했다. 집에 도착하면 밤 아홉 시였다. 저녁도 먹지 않았다. 한 달에 모임 있는 날에만 저녁을 먹었고, 약속이 없는 날은 저녁을 안 먹어도 배고픔을 몰랐다. 이상하게도 수영장에서 나오면 포만감이 생겨 저녁을 먹지 않아도 배고픔을 몰랐기에 가족들은 나보고 수영장 물 다 먹고 왔느냐고 물었다. 수영으로 인해 건강해지니 예뻐지고 싶은 마음도 들었다. 살면서 그때가 건강과 아름다움을 함께 지녔던 좋은 시절이었다. 취미는 그냥 만들어지는 일이 아니라 필요로 만들어질 수 있다는 것을 알게 된 시절 이야기다. 무릎 통증 덕분에 생긴 취미였지만 수영이라는 운동 덕분에 스트레스가 사라지고 내 삶의 활력소가 되었다.

누군가 혹시 무릎이 안 좋거나 삶에 의욕이 없다면 수영을 시작하라고 권하고 싶다. 수영을 권하는 데는 세 가지 이유가 있다. 첫째, 걸어 다니는 것은 무릎 연골을 더 상하게 할 수 있다. 물에서는 몸이 가벼워지는 부력을 이용하는 수영이 좋다. 둘째, 빠져 죽을뻔했던 두려움을 극복하고 시작한 수영 덕분에 뭐든지 하면 할 수 있다는 강인한 정신을 갖추게 되었다. 이제는 인내하면 바로 "나"라고 말을 할 수 있다. 세 번째는 몸이 적절하게 균형이 생기고 아름다워진다는 것이다. 수영을 통해 회사 생활도 지속할 수 있었다. 삶에도 윤기 나던 그 시절로 다시 돌아가고 싶다. 시간을 내어 언제라도 다시 시작해도 예전에 배운 것을 살릴 수 있을 거 같다. 많은 운동 종목 중에서 가장 좋아하는 운동이 수영이다. 아니 수영은 몸치라도 할 수 있는 운동이기에 누구에게나 권장하고 싶다. 남녀노소 누구나 몸에 무리 없이 할 수 있는 운동이라고 생각한다.

수영은 나에게 무릎 건강은 물론 일상의 균형과 회복에 필요한 운동이자 하나의 취미였다. 늦게 들어간 학교생활과 남편 건강으로 잠시 쉬었다. 은퇴 후 어린이집 근무와 천안시 건강가정지원센터의 직장 생활로 수영을 실행에 옮기지는 못했다. 지금은 건강에 문제도 있다. 겨울이 지나고 따듯한 봄이 오면 다시 건강한 삶을 위해 수영을 시작하려고 한다.

나이를 먹은 후의 건강 지킴이는 수영이다. 몸과 다리에 무리를 주지 않고 할 수 있는 최고의 운동이다. 수영이 아니고 수영

장 물속에서 다리만 열심히 움직여 주어도 관절과 정신건강에
활력을 주는 행복 그 자체이다. 나는 지금도 수영을 다시 시작할
날을 손꼽고 있다.

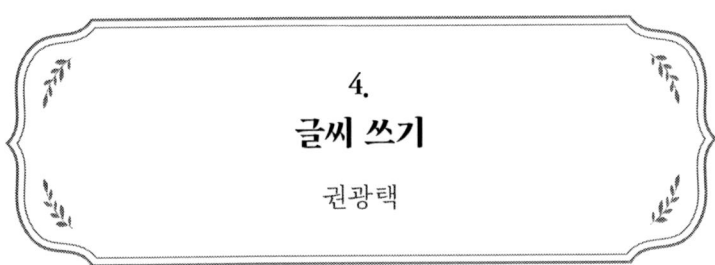

4.
글씨 쓰기

권광택

열여섯 살이 되던 가을, 나는 아버지의 작은 가게에서 무급 조수로 일했다. 초등학교를 졸업한 뒤 기술을 배우겠다며 여기저기 전전하다 결국 돌아온 뒤였다. 페인트 몇 통, 유리 몇십 장, 거울과 액자 몇십 개가 전부인 조그만 가게, 그곳이 내 인생의 출발점이 될 줄은 나는 알지 못했다. 하는 일은 단순했다. 주변 상가에 새 가게가 열리면 축하 선물로 거울이나 액자가 팔렸고, 거기에 '축 발전'이라는 문구와 날짜를 정성껏 써넣었다. 페인트로 글씨를 쓰고 그 위에 금분이나 은분을 뿌려 반짝이게 만드는 일. 간판이나 유리창에 상호를 새겨 넣는 것도 모두 손 글씨로 하던 시절이었다. 누군가의 새출발을 축복하는 글씨가 내 손끝을 통해 태어나는 순간, 그때는 그 자체가 품은 의미를 헤아리지 못했다.

일상이 반복될수록 마음속에 이상한 욕심이 피어올랐다. 글씨를 적당한 크기로, 좀 더 균형 있게 한층 아름답게 쓸 수 있으면 좋겠다는 바람. 처음에는 그저 일을 잘하고 싶다는 소박한 마음이었다. 어느 순간, 함석판을 따로 구해 틈만 나면 페인트로 글씨를 연습하는 나 자신을 발견했다. 마치 씨앗이 제 의지와 상관없이 싹을 틔우듯, 욕망은 조용히 자라났다.

둥그런 붓으로 쓰는 작은 글씨는 의도대로 되는 듯했다. 손목에 힘을 주고 빼는 타이밍을 익히고, 속도를 조절하는 요령도 조금씩 익혔다. 그러나 광고용 큰 글씨 앞에서는 도무지 엄두가 나지 않았다. 붓이 커지면 커질수록 두려움도 함께 커졌다. 큰 글씨를 쓸 때, 팔 전체와 어깨를 움직여 전체 구도를 잡지 못하기 때문이었다. 전혀 다른 기술과 신체적 감각이 필요하다는 것을 느꼈다. 그때부터 작은 버릇이 하나 생겼다. 청주 시내에 갈 때마다 상가 간판을 유심히 살피는 버릇이었다. 광고물 제작업소 앞을 지나칠 때 일부러 발걸음을 늦추고 장인들이 글씨 쓰는 모습을 어깨너머로 훔쳐보았다. 그들의 붓끝에서 춤추듯 태어나는 작품은 내게 작은 황홀경이었다. 누가 시킨 것도 아니었고, 돈이 되는 일도 아니었다. 그런데 자꾸만 글씨가 눈에 들어왔고, 밤이면 낮에 본 간판 글씨가 눈앞에 아른거렸다. 손이 자연스럽게 붓을 잡고 있었다. 그것이 운명의 부름이었는지, 취미의 시작이었는지 지금도 알 수 없다.

'글씨에 소질 있네.'

언제부터인가 그런 말을 듣기 시작했다. 면 소재지의 광고물이 하나둘 내 손을 거쳐 만들어졌을 때마다 나도 그 장인들처럼 언젠가 할 수 있다는 자신감을 얻었다. 가슴속에서 작은 불씨가 타올랐다. 얼마간의 시간이 지나 내게 한계가 찾아왔다. 아무리 작은 간판이라도 재질과 형태, 글씨체, 색깔, 분위기, 납기에 이르기까지 모든 조건을 맞춰야 했다. 하나라도 어긋나면 제값을 받을 수 없고 대금을 받아내기도 어려웠다. 다시 한번 깨달았다. 이 일을 제대로 하려면 기술을 더 배우고 갈고 닦아야 한다는 것을. 부족함을 인정하는 순간, 앞으로 나아갈 길이 보였다. 일상은 취미가 되었고, 취미는 매일 되풀이되며 삶의 일부가 되었다.

스무 살 되던 해, 청주 중앙공원 옆 골목에 작은 광고업 가게를 열었다. 사업 자금이 부족하여 월세로 시작했다. 몇 평 안 되는 그 공간에서 먹고 잤다. 낮에는 손님을 맞이했고, 밤에는 형광등 불빛 아래서 글씨 연습도 게을리하지 않았다. 그러나 일 년이 지났을 때, 별다른 소득이 없는 현실을 인정해야 했다. 가게를 정리했다. 실패라는 단어가 깊게 피부에 와닿았다.

기술 연마를 위해 다시 시작한다는 마음으로 연습에 임했다. 첫째, 붓을 다루는 방법부터 시작했다. 수학 공식과 같은 것이 아니어서 수없이 연습하지 않으면 안 되었다. 붓을 누르는 힘, 붓의 움직이는 속도, 붓이 머금고 있는 페인트 함유량 등, 손에서 전해지는 감각을 몸이 기억하도록 했다. 둘째, 업소의 특성과 개성에 맞는 서체 선택이었다. 전문 서적을 구매해 탐독했다. 셋째, 배경과 글씨 사이의 색상대비가 뚜렷해질 수 있도록 명도와 채도에 대한 이해를 넓혔다. 어두운 배경에 흰색이나 노랑색 글씨는 시각적으로 효과적이었다. 넷째, 적절한 크기와 균형이다. 광고물이 설치된 환경과 목표 시청 거리에 맞추되 글자와 단어, 전체 문장의 간격이 시각적으로 균형 잡힐 수 있도록 연습했다. 다섯째, 붓 터치, 선의 깔끔함, 페인트 균일한 도포 등 작업과 기술 수준이 최종 결과물의 완성도를 가져올 수 있다는 것을 알게 되었다.

스물네 살, 공단 입구에 '미광사'라는 간판을 걸었다. 보증금 이백만 원을 빌렸다. 누군가에게는 적은 금액이라 할 수 있지만, 내게는 전 재산처럼 무겁게 느껴졌다. 주문량이 끊어지지 않아 밤낮 바쁘게 일했다. 그동안 있었던 실패의 경험을 잊지 않았기 때문이었다. 가게에서 가까운 거리에 청주 산업단지가 자리를 잡고 있었다. 산업단지의 공장 굴뚝의 도색 공사와 글씨 작업은 대부분 나의 몫이 되었다. 다른 기술자들이 꺼리는 위험한 일이었기 때문이다. 안전장치 없이 수십 미터 높이의 굴뚝 꼭대기에 올라가 밧줄 하나에 몸을 의지하며 페인트칠하고, 로고를 그리고, 글씨를 썼다. 바람이 조금만 불어도 굴뚝이 흔들리는 듯했다. 하늘을 올려다볼 때, 구름이 흘러가는 것이 보이면 어지럽고 아찔했다. 그때의 나는 두려움보다 생존이 앞섰는지도 모른다.

돌이켜 보면 모든 순간이 내 인생을 만든 밑그림이었다. 열여섯 살 때 먼지 쌓인 가게 한구석에서 떨리는 손으로 처음 붓을 들었던 순간, 스무 살 때 세 평 짜리 가게에서 실패했다는 자책감으로 절망했던 순간, 스물네 살 때 굴뚝 꼭대기에서 바람과 싸우고 밧줄 하나에 몸을 의지한 채 작업해야 했던 순간. 취미는 일상이 되었고, 일상은 기술이 되었고, 기술은 생존의 도구가 되었다. 그리고 생존은 나 자신의 목소리를 만들고 삶의 방향을 주체적으로 이끌어 가는 능력을 선사했다.

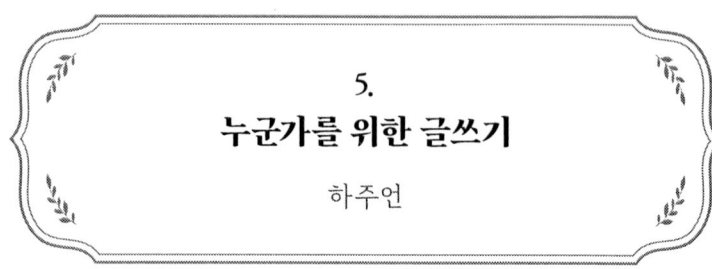

5.
누군가를 위한 글쓰기

하주언

처음 글을 쓰기 시작한 곳은 블로그였다. 누구에게 보여주기 위한 글이 아니라 그날의 감정과 나의 상황에서 느껴지는 힘듦, 깨달음들을 그저 솔직하게 적어두는 공간이었다. 블로그에 마음을 담아두고 위로받고, 정리하고, 나만의 감정 서랍으로 활용했다. 설계사를 하면서 다양한 고객을 만나고 여러 가지 상황 속에서 설명은 충분히 했지만, 결정을 미루는 고객, 괜찮다고 말하면서 불안감이 느껴지는 고객도 있었다. 고객을 만나면서 느끼는 책임감, 엄마로서의 고민, 설계사로서의 다짐까지 글로 조용히 써 내려갔다. 돌이켜보면 그 기록들이 내 글쓰기의 첫걸음이었다.

어느 날부터인가 블로그의 글들을 고객에게 메시지로 전달하기 시작했다. 글의 담긴 마음은 고객의 마음을 어루만졌고, 위로를 주기 시작했다. 글에는 그 사람의 마음이 담겨있으니 내 마음이 전달된 것으로 생각했다. 위로가 되었다고 답을 주신 고객의 답글로, 나는 내가 쓴 글이 진짜로 누군가에게 닿을 수 있다는 사실을 깨닫게 되었다. 위로도 줄 수 있다는 것을 알게 되었다. 절실하게 마음이 아프고, 힘들 때 내가 나를 위로하기 위해서 글쓰기를 시작했으니까.

그날 이후 나의 글쓰기는 나를 위한 기록이 아닌 고객을 위한 글쓰기로 방향이 바뀌었다. 보험 안내 글을 쓸 때도 고객의 상황을 고려하여 문장을 시작했다. 어떻게 중요한 안내 사항들을 편안하게 전달할 수 있을까? 세일즈가 아닌 팩트를 전달하고 그것을 선택하게 하는 글쓰기는 짧은 시간에 완성되지 않았다. 단순히 세일즈를 위한 글이 아닌 고객의 마음에 물음을 줄 수 있는 글이 되기를 바랐다.

블로그에 기록한 솔직한 글과 고객에게 보내는 짧은 글귀들이 모두 같은 마음에서 출발했다. 출발의 힘으로 매일 글을 쓸 수 있었다. 그렇게 3년을 썼더니, 블로그에 500개의 글을 담게 되었다. 블로그에 꾸준히 올리던 글은 어느새 고객들에게 '하주언은 글 쓰는 설계사'로 기억되기 시작했다. 글을 읽고 연락을 주시는 고객들, 강의를 듣고, 공감하며 눈물을 흘린 설계사분들, 개인적으로 연락을 주시면서 본인 길의 방향성을 잡으시는 분들까지 다양했다. 처음엔 단순한 기록이었지만 시간이 흐르자, 그 기록들이 "나"라는 사람을 설명해 주기 시작했다. 글로써 나를 만들어 가는 중 많은 일들도 있었다. 화법부터 여러 지역에서 강의 요청까지 있었다.

성실하게 글을 쓰는 사람 하주언, 마음을 전달하는 설계사 하주언, 고객에게 도움이 되는 정보를 전달하는 멘토 블로그는 내가 어떤 사람인지 조용히 증명해 주는 나만의 브랜드가 되어 있었다. 누군가의 마음에 닿기 위해 썼던 글이 결국 내 삶을 더 깊고 단단하게 만들어 주었다. 기록은 나를 돌아보게 했고, 블로그의 관찰은 나에게 세상과 고객을 섬세하게 바라보는 시각을 만들어 주었다. 고객에게 보내는 글은 내가 누구인지 잊지 않도록 지켜주는 울타리도 되어 주었다. 누군가를 위해 글을 쓰는 일은 결국 나 자신을 성장시키는 일이라는 것을 이제는 확신하게 되었다. 남을 위한 것이 결국에는 나를 위한 일이라는 것을 알게 되었다.

블로그의 글 중 나에게 또 다른 관점으로 글을 쓰도록 도와준 고객이 있었다. 자진해서 본인 가족 컨설팅을 요청하신 분이었다. '7천만 원 보장자산과 금융자산'이라는 주제로 글을 올렸다. 4

인 가족을 기준으로 40만 원 이상의 보험료를 납부하고 계시는 상황이었다. 그런데 이 보험료가 아파서 보험금을 지급받으면 다행이지만, 만약에 아프지도 다치지도 않는다면 어떻게 될까요? 라는 질문을 했다. 그때 고객님의 답변은 다 없어지는 거 아닌가요? 라고 답을 했다. "돌려받지는 못하는 걸로 알고 있습니다." 답했다. 40만 원씩 20년이면 1억에 가까운 보험료를 납입하는 상황이었다. 그러나 만약 납입하고도 100% 원금이 지켜진다면 미래에 일어나는 일에 목적자금으로 활용할 수 있는 자산이 될 수 있다고 설명해 드렸다. 40만 원이었던 소멸하는 보험료를, 적립이 되면서 보장이 되는 상품으로 변경 가입을 도와드렸다. 가입 이후 아이들은 실제로 입원하게 되었는데, 변경 전이었다면 입원비를 하루 2만 원 받을 수 있는 보장이었지만, 변경 후 1일에 5만 원을 받는 결과를 가져왔다. 고객은 만족하셨고, 지금까지 잘 유지하며 세 번 아이들 폐렴과 입원 보장을 받으셨다. 가족 컨설팅 내용의 글을 읽고, 없어지지 않고 납입이 완료된 후 가족의 미래 보장 자산과 금융자산으로 함께 갈 수 있다는 내용에 관심을 보이고, 상담 요청을 하는 분들도 있었다.

실제로 어린이들이 가입할 수 있는 상품은 100% 원금을 지켜주는 상품들도 있다. 단, 일정 시기에는 줄어드는 구조이니 적당한 시기에 변경하거나, 목적 자금으로 활용하도록 안내를 드렸다. 어른들도 34세 이전이면 저렴하면서 납입한 보험료가 사라지지 않는 상품에 가입할 수 있다.

26년도부터는 예정 이율 인하로 이러한 상품들이 사라진다. 보험은 시대를 반영하는 상품이다. 아는 만큼 나에게 맞는 최적의 상품에 가입하고 보장을 준비하는 것이다. 만약 이런 부분들을 아신다면 고객도 알고 가입하실 수 있다. 내가 이렇게 설명할 수 있는 큰 자산은 기록과 함께 매일 공부했기 때문이다. 설계사의 자세에 가장 중요한 일은 고객에게 설명할 수 있는 지식을 지혜로 탈바꿈하는 순간 고객에게 믿음을 줄 수 있다는 경험이다.

25년이 얼마 남지 않은 시기에, 많은 분께 안내하는 보험 가이드이자 설계자로서 한 분 한 분 도움을 위한 글을 썼다. 눈이 오나 비가 오나 매일매일 매일 누군가를 위한 노력을 쉬지 않고 있다. 타인과 나를 위해서.

6.
엄마로서의 성장 속에
요리는 나의 꼬리표

장은경

결혼하고 시어머니와 아래위층에 살았다. 시어머니는 하루 세 끼를 거의 우리 집에서 드셨다. 신혼에 시댁 가까이 산다는 것은 매우 불편했다. 끼니 시간이 다가오면 밥을 어떻게 해야 할지 마음이 바쁘고 불편했다. 그런 내 마음을 아셨을까. 시어머니는 용돈을 아껴 일주일에 서너 번씩 새벽시장에 나가셨다. 채소와 생선을 고르고, 반찬거리를 챙겨 직접 손질하셨다. 먹기 좋게 소분해 다시 우리 집으로 가져오셨다. 말없이 몸으로 보여주는 배려였다. 어느 날 새벽, 시장에 가실 때 "저도 갈게요"라며 따라나섰다. 그날은 총각김치와 파김치를 담그는 날이었다. 시장에서 총각무와 잔 파를 사 와 아침 햇살이 비치는 골목에 앉아 다듬기 시작했다. 잠시 후, 동네 어르신들이 하나둘 나오셔서 말없이 옆에 앉아 채소를 함께 다듬어 주셨다.

신혼 때 살던 집은 문 하나만 열면 바로 골목이 보이는 다세대 주택이었다. 여름이면 골목 잔치가 잦았다. 국수를 끓여 다 같이 나눠 먹기도 하고, 수박을 잘라 수박 파티도 열었다. 대부분의 시작은 우리 시어머니였다. 시어머니는 손이 컸고, 음식을 하면 사람부터 떠올리셨다. 골목 한쪽에 가스버너 놓고 부추전을 부치면 기름 냄새가 온 동네에 퍼졌다. 냄새를 맡고 동네 사람들이 하나둘 모여들었다. 아이들 웃음소리, 어른들 이야기 소리가 겹치며 골목은 시끌벅적해졌다. 시어머니는 전라도 분이셔서 음식이 맛깔났다. 김치는 담그시는 종류마다 맛있었다. 김치 국수와 된장찌개는 특별한 재료가 없어도 국물부터 건더기까지 남김없이 먹게 했다. 시어머니 요리하실 때 재료 씻고, 그릇 꺼내고, 뒷 정리하며 준비 과정부터 마무리까지 지켜보았다. 어깨너머로 보고, 듣고, 따라 하며 요리가 몸에 스며들었다. 그때는 몰랐다. 결혼하며 그렇게 쌓인 시간이, 훗날 장은경의 브랜드 요리로 밥 먹고 살 실력이 될 줄 몰랐다.

큰딸이 초등학교에 들어갈 무렵, 아파트로 이사했다. 어르신들이 많던 연립주택에서 살다가 젊은 엄마들이 많은 아파트로 이사하니 분위기가 확 달라졌다. 아이들 교육 방법과 문화생활을 자연스럽게 공유하는 환경이었고, 아이들의 학구열도 높았다. 그틈에서 귀동냥이라도 하고 싶어졌다. 둘째 딸 유치원 버스에 태위 보내고 나면 마음 맞는 엄마끼리 모였다. 아이들의 관심사는 무엇인지, 어떤 공부 방법이 좋은지, 공부방은 어디가 괜찮은지, 책은 어떤 것을 읽히는 게 좋은지, 영어 학원은 어디가 잘 가르치는지에 대한 이야기를 나누었다. 그런 이야기를 핑계 삼아 아이들을 등원시키고 나면 "오늘은 누구 집?"하고 정해서 차 마시는 문화였다. 지금처럼 배달 음식이 흔하지 않아 집에서 해먹어야 했다. 각자 집에 가서 청소하고 점심때쯤 우리 집에 오겠다고 했다. 집으로 온 나는 부지런히 움직였다. 육수 끓이고 재료 준비하면 시간이 빠르게 지나갔다. 냄비에 물 올리고 육수부터 끓였다. 밀가루 반죽해 비닐랩에 싸서 냉동실에 20분 정도 넣어 두었다. 재료 준비가 끝나면 한 명씩 집으로 들어오기 시작했다. 먼저 도착한 사람이 도마 위에서 반죽을 홍두깨로 넓게 밀어 놓았다. 끓여 둔 육수 앞에 같이 모여 넓게 수제비 반죽 조금씩 뜯어 넣으며 아이들 이야기를 이어갔다. 요리하며 이야기 나누고 먹다 보면 시간은 순식간에 흘렀고, 어느새 아이들 돌아올 시간이 되었다.

중학생이 된 아이들은 학교 끝나고 학원 다니느라 바쁘게 지냈다. 배고프지 않도록 간단하면서도 영양가 있는 음식 준비해 주는 일은 행복이었다. 아이들은 야채를 좋아하지 않았다. 야채를 잘게 다져 주먹밥을 만들기도 하고, 밥과 야채를 볶아 신김치에 싸서 초밥처럼 한입에 먹기 좋게 만들어 먹었다. 머윗잎, 호박잎 등 야채 쌈도 다양하게 준비했다. 음료수도 집에서 만든 식혜, 제철 과일로 생과일주스를 해주면 맛있고 시원하게 마셨다. 야채 맛에 선입견이 없이 잘 먹을 때 기뻤다. 우리 아이들 오늘 하루도 잘 자라길 바라는 마음 하나였다. 부지런하게 손을 움직였다. 손맛은 남편 덕분에 더 깊어졌다. 남편이 술을 즐겨 마셨다. 내가 밖에서 술 마시는 걸 싫어해 집에서 술상을 자주 차리게 됐다. 집에 있는 재료로 즉석에서 응용해 얼큰 어묵탕 끓이면 남편은 말했다. "돈 주고 어묵 사 먹는 거 아까워. 우리 마누라가 해준 게 최고 맛있다!" 고마워서 예의상 하는 말인 줄 알았다.

사람들은 잡채나 수육 같은 음식을 시간도 오래 걸리고 복잡하다고 생각한다. 쉽고 간단하게 만드는 나만의 손맛 비법 레시피를 소개하고자 한다. 뚝딱 잡채 만들기다. 잡채 당면은 오래 붙지 않아도 괜찮다. 미지근한 물에 15분만 담가도 충분하다. 여기서 중요한 건 당면은 삶지 않고 물에만 불려야 퍼지지 않는다. 고기를 먼저 볶다가 야채를 한꺼번에 넣어 같이 볶는다. 간장 설탕으로 만든 양념장을 따로 준비한다. 당면을 넣어 양념장 조금씩 부어가며 볶다가 부추 또는 시금치 넣는다. 마무리는 깨 솔솔 뿌린다. 완성한 재료 준비 시간까지 15~20분 만에 뚝딱 끝낼 수 있다.

삼겹살로 수육 만들기다. 사람들은 수육을 만들 때 대파, 마늘, 생강, 월계수 등 많은 재료가 필요하다고 생각한다. 간단하면서 맛있게 만드는 방법이 있다. 재료 네 가지면 충분하다. 물, 간장 된장, 솔잎 또는 소나무 가지 몇 개다. 물에 간장과 된장을 약하게 풀어 삼겹살 넣고 솔잎 몇 개 넣어 끓이면 잡내 없이 깔끔하고 깊은맛이 난다.

요리가 삶의 방향을 열어주었다. 돌아보면 요리는 나에게 '해야만 했던 일'이 아니라 '잘하고 좋아하는 일'이었다. 누가 시켜서가 아니라 내가 기뻐서 가족을 위해 그리고 주변 사람에게 도움이 되는 일이라 열심히 했다. 아이들을 위해 시작한 요리가 인생의 구원자였다는 것을 알았다. 누구의 엄마, 누구의 아내, 누구의 며느리로 살아가느라 자신을 챙기지 못하던 시기였다. 바쁜 일상에서 손 쉴 틈 없이 바쁘게 움직이며 만든 음식들이 마음속 허전함을 채워주는 걸 늦게야 알았다.

어느덧 요리는 내 안에서 자라고 있었다. 요리는 삶을 버티게 하고 나를 다시 꽃피우도록 이끌던 작은 씨앗이었다. 늦게 피운 꽃처럼 보일지 몰라도 알고 있다. 요리가 인생의 첫 번째 꽃이다. 아이들 대학 갈 무렵, 학비 때문에 돈을 벌어야 했다. 취미로 시작한 요리는 2017년 반찬 가게를 열 수 있는 실력을 갖추게 해주었다. 반찬 가게는 가족을 위한 밥상을 차려 내는 마음으로 시작했다. 삶의 힘듦도 주방에서 요리하면 마음이 차분해졌다. 재료 손질하다 보면 잡생각이 사라졌다. 요리는 단순한 취미가 아니라 내 삶을 지탱해 준 힘의 원천이었다.

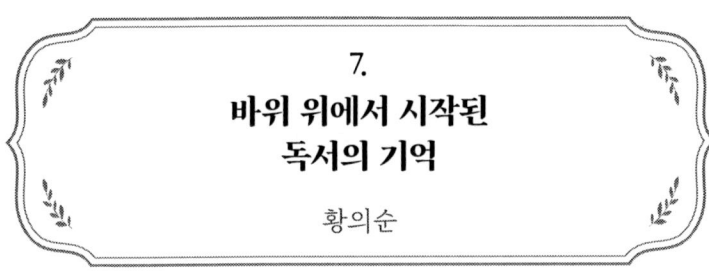
초등학교 4학년쯤이었다. 유난히 무덥던 어느 여름날, 방학을 맞아 집 근처에서 심심하게 놀고 있었다. 아이들을 본 친척 아저씨가 우리를 계곡으로 데려다주겠다고 했다. 갑작스러운 제안이었다. 물놀이가 무엇인지도 잘 모르는 아이였다. 물속에서 노는 즐거움보다, 낯선 장소로 이동하는 일 자체가 더 크게 느껴지던 나이였다. 새로운 환경에 쉽게 뛰어드는 아이가 아니었다. 먼저 관찰하고, 주변을 살피고, 안전하다고 느껴져야 움직이는 편이었다. 계곡으로 간다는 말에 설레었다. 약간의 긴장감이 먼저 들었다. 모두가 함께 움직이는 상황에서 나만 남을 수는 없었다. 조용히 준비했다. 작은언니에게 무엇을 챙겨야 하는지 몰라 물었다.

"언니, 뭐 준비해야 해?"

언니는 잠시 생각하더니 이렇게 말했다.

"책 한 권만 들고 가."

그 말이 이상했다. 물놀이를 가는데 왜 책일까. 수영복도, 수건도, 물안경도 아닌 책이라니. 이해가 되지 않았지만, 그 말을 그대로 따르고 싶었다. 정말로 책 한 권만 가방에 넣고 언니, 오빠, 오빠 친구들과 함께 작은 트럭 뒤에 올라 계곡으로 향했다. 덜컹거리는 트럭 위에서 바람을 맞으며 가니 이상하게 기분이 좋아졌다.

도착한 계곡에는 맑은 물과 물속에 잠긴 커다란 바위 한 개가 있었다. 햇빛을 받아 반짝이는 물결과 그 사이사이 드러난 돌들이 낯설면서도 아름다워 보였다. 친척 아저씨는 3시에 다시 오겠다고 약속하고 떠났다. 우리는 그곳에 잠시 남겨졌다. 물놀이 도구는 하나도 없었다. 언니와 오빠, 친구들은 기다렸다는 듯 신발을 벗고 물속으로 뛰어들어 물장구를 치며 놀기 시작했다. 웃음소리와 물 튀기는 소리가 계곡 전체에 퍼졌다. 물은 차가웠다. 언니, 오빠의 움직임은 경쾌해 보였다. 그 모습을 가만히 바라보았다. 물속으로 들어가지 못한 이유는 분명하지 않았다. 물이 싫었던 것도, 무서웠던 것도 아니었다. 다만 몸이 움직이지 않았다. 발을 담그면 시원할 것 같다는 생각은 들었지만, 선뜻 한 걸음을 내디딜 수는 없었다. 그 대신 내 눈은 계곡 한가운데 놓인 큰 바위 하나에 머물렀다. 물 위로 불쑥 솟아 있는 바위였다. '저기 앉아 있으면 옷이 물에 젖지 않겠지'라고 생각했던 것 같다. 물놀이나 물속을 들어가 본 적이 없어 쉽게 마음에 문을 열지 못했다. 그 바위가 안전하다고 생각했던 것 같다. 바위 위에 올라가면 옷도 젖지 않는다. 무엇보다 언니와 오빠가 노는 모습을 한눈에 볼 수 있었다. 멀어지지 않으면서도 옷이 젖지 않을 수 있는 자리였다. 인상 깊었던 것은 바위에 나무 그늘이 있어서 더욱더 좋았다. 조심스럽게 바위 위에 올라가 앉았다. 미끄럽지 않은 자리를 찾고, 자세를 잡았다. 가져간 책을 읽었다. 책 제목은 생각이 나지 않아 아쉽다. 책 사줄 형편이 되지 않았기 때문에 학교 도덕책을 가져간 것으로 어렴풋이 생각난다. 집도 아닌 자연 속에서, 물소리와 언니, 오빠 웃음소리를 배경 삼아 바위 위에서 책을 읽고 있는 시간이 행복했다. 한참 좋았는데 아쉽게도 아저씨가 우리를 데리러 왔다. 물놀이하지 않았지만 전혀 부럽지 않았다. 바위 위에서 바라보는 풍경만으로 흡족했다. 물에 들어가지 않아도, 함께 웃지 않아도, 집이 아닌 자연 속에서 평안하게 시간을 보냈다는 것만으로도 좋았다.

모든 것이 시원했고, 평온했고, 설명할 수 없을 만큼 편안했다. 아쉬운 것은 그 후로 초등 시절 물놀이나 가족들과 함께 여행을 한 번도 가본 적이 없다. 친정 가족여행은 둘째 출산 후 아가 띠 매고 여행이 처음이었다. 그만큼 형편도 어렵고 마음의 여유가 없었다. 행복한 기억은 그렇게 장기기억 속에 저장되었다. 안전하다고 느꼈던 순간, 긴장하지 않아도 되는 상태에서의 경험은 오래 남는다. 그날의 장면은 시간이 지나도 흐릿해지지 않는다. 여전히 선명하게 내 안에 남아 있다. 지금 생각해 보면 그 바위 위에서 읽었던 독서 경험이 독서의 씨앗이었는지도 모른다.

어린 시절 독서 씨앗은 세월이 흘러 싹을 틔우기 시작했다. 내가 다니던 회사는 독서 경영을 하는 회사였다. 회사 다닐 때는 몰랐다. 독서 경영 박사과정을 하면서 알게 되었다. 내가 다녔던 회사가 "독서 경영을 한 것이구나!" 깨달았다. 담당 직무에 대한 역량 강화를 위해 도서 선정이 되면 일정 기간 독서를 한다. 계약을 맺은 회사에서 문제를 내면 문제를 풀었다. 80점 이상 성적을 올려야 통과되었다. 처음에는 업무와 병행하는 것이 힘들었다. 하지만 도달했을 때 회사에서는 인사 고과에 반영했다. 생존 독서였다. 독서의 싹이 무럭무럭 자랐다.

시간이 흘러서 첫째 아들이 초등학교에 입학했다. "책 읽어주는 어머니" 활동이 있었다. 자녀의 반에서 어머니들이 교과수업 전 8시 30부터 9시까지 그림책을 읽어주는 것이었다. 우리 아들 반에서 1년 동안 그림책 읽어주기 시작했다. 다른 반 어머니들은 여러 명이 나누어서 진행했다. 우리 아들 반은 나 혼자였다. 혼자 1년 동안 아들 반에서 책 읽어주는 일이 너무 재미있었다. 동화구연도 배웠다. 독서심리상담사 자격 과정도 배웠다. 마침내 독서 경영 박사과정까지 왔다. 어린 시절의 독서 씨앗이 성장하여 현재 나를 만들었다.

역설적이게도 나는 책을 많이 읽는 아이는 아니었다. 책을 읽으려고 하면 머리가 아팠고, 글자가 눈에 잘 들어오지 않았다. 읽다 보면 금세 피로해졌고, 집중하기가 어려웠다. 지금 돌아보면, 그 시기의 책을 거부한 것이 아니라 잠시 내려놓았던 것 같다. 마음이 먼저 지쳐 있었고, 생각을 처리할 여력이 부족했던 시기였다. 읽는다는 행위는 생각보다 많은 에너지가 필요하다는 것을, 나중에야 알게 되었다. 시간이 흘러 어느새, 힘들 때마다 내 손에 다시 잡히는 것은 책이었다. 기댈 곳이 필요할 때, 마음이 흔들릴 때, 조용히 나를 붙잡아 주는 것도 책이었다. 좋은 강의, 좋은 사람, 독서, 산책. 이 네 가지는 시간이 지나며 나를 돌보는 중요한 영양분이 되었다. 독서는 내게 늘 '앉을 수 있는 자리', '책을 읽는 공간'을 만들어 주었다. 서두르지 않아도 되는 자리, 설명하지 않아도 되는 자리, 누군가의 속도에 맞추지 않아도 되는 자리였다. 세상 속으로 다시 나아가기 전에 잠시 숨을 고를 수 있는 취미였다. 계곡의 큰 바위 위에 앉아 책을 읽던 어린 시절의 내가 떠오른다. 물에 들어가지 않아도 괜찮았던 나. 조용히 자기만의 자리에서 세상을 바라보던 나. 오늘도 읽고, 쉬고, 다시 걸어간다. 내 취미는 무너지지 않기 위해 반복하는 일이다. 그것을 이제야 '독서 취미'라고 말할 수 있게 되었다.

8.
상사 덕분에 시작된 등산

윤은영

　직장 생활은 늘 바쁘고 반복적이었다. 매일 똑같은 사무실 풍경. 우리 사무실은 2주에 한 번씩 등산을 갔다. 계획은 항상 차장님이 짰다. '주중에 하루 종일 보는데 주말에도 본다고?' 속으로 생각했다. 상사들과 언니들과 함께 산에 간다는 게 얼마나 불편할지 머릿속이 가득 찼다. 차장님이 회의하고 나오더니 이번에는 비행기 타고 한라산에 간다고 했다. 비행기를 타본 적이 없다. 무서울까 봐 걱정이 앞섰다. 한편으로는 한라산에 대한 기대감으로 마음이 환해졌다.

　드디어 한라산 가는 날이다. 직원들은 여행용 캐리어를 끌고 왔는데 나는 배낭 하나만 메고 왔다. 비행기를 탈 때 너무 긴장해서 마치 '얼음땡 놀이'를 하는 것처럼 몸이 굳어 버렸다. 멀미할까 봐 미리 약도 챙겨왔다. 설렘과 두려움이 교차했다. 비행기가 추락하진 않겠지 생각하며 창밖을 내다보니 하늘 아래의 풍경들이 한눈에 들어왔다. 그렇게 나의 첫 산행은 해발 1,950m의 한라산이 되었다.

높이를 '한번 구경하고 오십시오'라고 해석하는 제주도의 한라산은 우리나라에서 가장 높은 산이다. 게다가 날씨 영향을 많이 받는 산이라 정상까지 거의 올라가지 못하고 돌아오는 경우도 허다하다고 들었다. 하지만 그날은 날씨가 좋았다. 운이 따랐다. 경치에 넋을 잃어서 직원들을 못 따라갈 뻔했다. 이름 모를 꽃들이 여기저기 가득했다. 나중에 찾아보니 구름떡쑥, 깔끔좁쌀풀, 설앵초, 섬바위장대 등 수십 종의 야생화가 등산로를 따라 피어있었다. 특히 설앵초는 꽃이 아름다울 뿐만 아니라 작고 깜찍한데 일본과 한라산에만 있다고 한다. 숲 바닥에는 맥문동, 한라돌쩌귀, 개족도리도 볼 수 있었다. 눈이 호사한 날이었다.

정상에 오르니 제주도가 한눈에 보였다. 사람들이 산 정상에 올라가는 이유를 알 것 같다. 답답했던 가슴이 시원해지고 무엇이든 해낼 수 있는 자신감이 샘솟았다. 우리나라에서 유일무이한 아고산대 초원인 한라산은 정말 자랑할 만했다. 남는 건 사진 뿐이라며, 여기저기서 사진을 찍었다.

정상에서는 '야호'를 외치지 않는다고 한다. 동물들이 깜짝 놀랄 수 있기 때문이다. 나는 조용히 마음속으로 기도했다. '최선을 다하며 살아가는 힘을 주세요.' 정상의 기운을 받고 내려갔다. 내려갈 때가 더 조심해야 한다지만 정상의 뿌듯함에 발걸음이 가벼워져 뛰듯이 내려갔다. 산은 내게 언제든 앉아서 쉴 수 있는 공간, 시원한 바람, 그리고 무엇보다 스스로 성취한 뿌듯함을 안겨 주었다.

한라산 등산 이후 월요일 아침이 달라졌다. 회의 시간에 발표를 앞두고 떨렸는데 한라산 정상에서의 다짐이 떠올랐다. '그래, 해보는 거야.' 어려운 과제 앞에서도 '한라산 정상까지 올랐잖아. 차근차근 하다 보면 해 낼 수 있어.'라며 스스로 다독였다.

한 달에 두 번 가는 산행이 조금씩 좋아졌다. 경치도 아름답고 산에서는 상사가 아닌 오빠, 언니라고 부르라는 말도 들었다. 물론 관계가 어색해질까 봐 딱 한 번 그렇게 부르고 말았다. 산에서는 삶을 살아가는 지혜를 배웠다.

그해 겨울에도 등산하러 다녔다. 아이젠이 필수였다. 나처럼 없는 사람은 차장님이 준비해 주기로 했다. 지금 생각해 보면 첫 직장에서 등산을 갈 때 회사에서 이렇게 많은 지원을 해준 것은 직원을 위한 복지였다. 이번 산은 괴산 칠보산이었다. 산의 일곱 봉우리가 보석처럼 아름답다는 데서 유래되었다. 칠보산은 온통 하얀 세상이었다. 눈이 어느 정도 녹은 줄만 알았는데 산은 그대로였다. 아이젠을 끼고 눈을 밟으니 사박사박 서걱서걱 발 소리가 들렸다. 맛있는 양갱을 먹으면서 올라갔다. 올라가는 길에 하 얀 눈이 흩날렸다. 눈이 오는 줄 알았는데 나뭇가지 위에 쌓였던 눈이 바람을 타고 슈우웅 날리는 것이었다. 햇빛이 눈 내리는 걸 비춰줘서 보석처럼 반짝반짝 빛나니 더 예뻤다. 작은 산은 등산 객이 적어 눈이 그대로 남아 있어 조심해야 했다. 산비탈은 미끄 러지지 않게 살금살금. 눈을 밟고 가다가 푹 주르륵 미끄러진 것 이다. 데굴데굴 굴러서 나무에 걸렸다. 심장이 멎는 줄 알았다. 천천히 몸을 일으켜 팔다리를 움직여 보았다. 와, 살아 있다는 게 이렇게 감사할 줄이야. 나무가 아니었으면 저 아래로 계속 구 르다가 어딘가 떨어질 뻔했다. 위에서 괜찮냐고 물었다. 놀란 가 슴을 진정시키며 괜찮다고 말하고 다시 올라갔다. 아프면 말하라 고 했지만, 내려갈 때까지 통증이 없었다. 두꺼운 겨울 잠바와 모 자 덕분이었다.

차장님이 퇴사하는 그날까지 상사와 언니들과 꾸준하게 등산 했다. 어떤 일이든 시작은 어렵다. 첫 직장에서 투덜대며 억지로 시작했던 등산이 나를 이만큼 단단하게 만들어줬다. 이제는 소 중한 추억이 되었다. 그때는 그렇게 좋은 줄 몰랐던 것 같다. 지 금 같으면 엄두도 못 낼 일들을 첫 직장 상사의 등산 취미 덕분 에 즐길 수 있었다.

결혼 전 지금의 남편과 만난 일이다. 학교 다닐 때 멀티미디어 영상 제작 과제가 있었다. 집에 컴퓨터가 없어서 주말에 학교 컴퓨터실을 찾아갔다. 조교는 아니지만 조교 비슷한 사람이 컴퓨터실을 열어주었다. 이후에도 주말마다 학교를 찾아갔고, 그때마다 그 남자가 있었다.

과제를 마치고 집에 가는데 그가 다가와 취미가 뭐냐고 물어보았다. 등산이라고 내가 했다. 그 남자도 등산을 좋아한다고 했다.

차장님 못지않은 등산 전문가였다. 설악산을 열두 번이나 갔다 왔다고 한다. 대단하다. 나도 설악산 가긴 했는데 설악산 12 능선 쪽에서 물이 없고 기운이 빠져서 힘들었던 기억이 떠올랐다. 아이를 키우면서부터는 산 정상 오르는 건 욕심이 되었다. 큰아이를 유모차에 태우고 속리산 법주사까지 가서 산의 향기를 맡게 해주는 것만으로 만족했다. 두 돌쯤부터 산에 데리고 다녔다. 나무의 결도 만져보게 하고, 강아지풀을 뜯어 간질이기도 했다. 천천히 산책하듯이 돌도 쌓고 재미있게 놀이했다. 힘들면 중간에 내려왔지만, 그래도 좋았다.

큰아이가 초등학교에 입학하면서는 가끔 등산을 갔다. 작은아이가 태어나면서부터 히말라야보다 험난하다는 육아라는 산을 매일 오르고 있다. 산이 준 선물은 자신감뿐만이 아니었다. 산은 내게 사랑하는 사람을 만나게 해주었다. 이제는 아이와 함께 걷는 새로운 산행을 기대하고 있다.

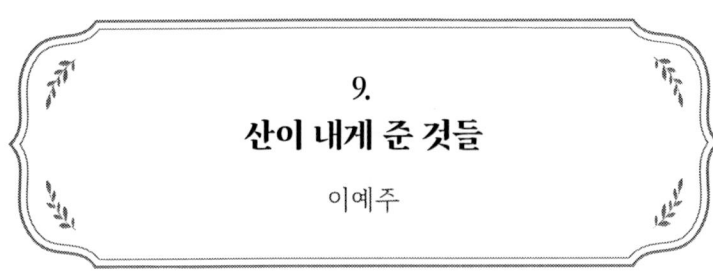

9.
산이 내게 준 것들

이예주

20대부터 산을 좋아하는 마니아가 되었다. 회사 생활을 하는 동안에도 꾸준히 산에 올랐다. 내가 살던 곳은 백운대가 가까운 우이동이었다. 그 시절 북한산, 도봉산, 백운대, 인수봉 코스는 내 집 드나들듯 익숙했다. 산에서 텐트 치고 자는 날도 많았다. 20대와 30대의 취미는 산에 가는 게 유일한 낙이었다. 산을 좋아했던 친구 현정이와 직장동료, 친구들과 함께 야간 산행도 하며 엄마 품처럼 그리워하며 다녔다. 지리산 장터목산장이나 설악산 중청대피소에서 쪽잠을 자기도 했었다. 새벽 일출 보기 위해 대청봉, 천왕봉, 인수봉을 오르며 맞이했던 장엄한 해돋이의 기억은 지금도 눈에 선하다. 비가 그친 뒤 이른 아침 설악산 대청봉에 올라 발아래로 펼쳐진 아름다운 운해에 탄성을 터트리기도 했다.

가장 많이 올랐던 설악산은 코스마다 사계절이 아름다운 매력을 지닌 산이다. 백담사의 시원한 계곡에서 쏟아지는 폭포의 웅장함, 가을이면 기암괴석과 어우러진 단풍의 색채는 한 폭의 산수화를 연상케 했다. 앙상한 나뭇가지 위로 탐스럽게 쌓인 눈꽃과 이른 아침 햇빛에 반사되어 반짝반짝 빛나는 상고대의 모습은 겨울 산이 주는 순백의 예술품이었다. 1992년 설 연휴에 설악산에 갔는데 강풍이 너무 심하게 불었다. 46kg인 내 몸무게보다 더 무거운 배낭을 짊어졌음에도 바람에 휘말려 눈 속으로 굴러떨어지기도 했다. 함께 산을 타던 등산객 아저씨가 손을 잡아 이끌어준 덕분에 큰 부상 없이 하산할 수 있었다. 눈구덩이 파고 바람이 잦아들기 기다리며 나누었던 이야기가 지금도 그립다.

1990년대는 산에서 밥을 해 먹을 수 있었다. 코펠, 버너, 침낭, 식자재, 여벌 옷, 담요까지 모두 배낭에 넣고 다녔기에 배낭은 내 몸무게만큼 무겁게 느껴졌다. 하산 후 다음 날 다리가 아파서 한 발짝 움직이기조차 힘들었고 귀가 얼어 터지고 손이 갈라져 피가 났다. 그럼에도 산은 마냥 좋았다. 누가 강요한 것도 아니었다. 못 가면 안달 나던 그 시절을 잊을 수가 없다. 울릉도 갈 때 완도에서 배를 타고 갔었다. 심한 멀미로 고생했다. 울릉도에서 제일 높은 성인봉 올라서 내려다본 푸른 바다는 헤어진 남자 친구에 대한 서러움을 달래주기에 충분했다. 자유롭게 산을 누비며 다니던 때가 어쩌면 인생에서 가장 재미있었던 황금기가 아니었을까? 생각한다.

결혼과 함께 산행은 멈췄다. 남편은 발이 불편해 걷는 걸 유난히 힘들어했다. 어쨌든 남편이 산행을 싫어했기에 산과는 점점 멀어졌다. 여행을 가도 산이 아닌 계곡이나 바다로 가야 했었고 아이들이 좋아하는 해수욕장만 다녔다. 나의 취미는 없고, 아이들과 남편에게 맞추는 삶이 전부였다.

무극으로 내려오고 6개월이 지난 따뜻한 봄날에, 남편 친구 부부와 월악산에 갔다. 산을 오를 때의 즐거움은 잠시였고 하산 길 남편은 네 발로 엉금엉금 기어다닐 정도로 힘들게 내려왔다. 뒤따라 내려오며 힘들어하는 남편을 위해 구급차를 부르고 싶었다. 월악산은 남편에게 지옥의 하산 길이었다. 남편은 산도 싫어했고 몸도 약했다. 그 후로 산에 가는 건 꿈도 꾸지 못한 채 몇 년을 생업에만 전념하며 지냈다. 무극에 오기 전, 우리는 평택에서 생활용품 파는 DC 마트를 했었다. 생활용품 판매장은 처음엔 장사가 잘되었다. 6~7년 하다 보니 가게 규모도 작고 수입이 적어 장사는 접을 수밖에 없었다. 마음에 중심을 잃고 매일 밖으로 방황하며 지내는 남편 때문에라도 평택을 떠나고 싶은 마음이 간절했다. 가진 것 하나 없이 무극으로 내려와 오리고기 집을

9년 동안 운영했다. 그중 2년은 남편과 함께했고, 7년은 직원 한 명을 두고 혼자 장사했다. 남편도 따로 사업을 했다. 친구가 운영하던 생활용품 판매장을 인수하여 직원 1명 데리고 운영했다. 몇 년 동안 장사가 잘되었는데, 우리 가게보다 두 배 더 큰 매장이 들어왔다. 매출은 점점 떨어지고 매장을 접을 수밖에 없었다. 돈은 벌리는 때가 따로 있다는 거 알게 되었다. 지금 운영하는 해찬솔은 낡은 학원 건물을 매입하여 1, 2, 3층 전체 리모델링하였다. 음식점으로 꾸며 2016년 오픈했다. 처음 시작은 '국밥집이나 할까?'라는 가벼운 마음이었지만 예상했던 투자 금액을 초과해 고깃집이 되었다. 남편과 10년째 함께하고 있다. 처음 장사 시작했을 때 아침 일찍 영업 준비해 밤늦게까지 일했다. 힘든 시간이었다. 하지만 지금까지 크게 아프지 않고 잘 버텨온 힘은 젊어서부터 산을 타며 길러온 체력 덕분이라고 생각한다.

남편은 새로운 친구들을 사귀며 사람들과 어울리는 시간이 늘어났다. 어느 날 지인들과 식사하고 산에 다녀왔다고 했다. 400m 남짓한 산이었는데, 남편 혼자 뒤처지며 애를 먹었다고 한다. 자존심이 많이 상했는지 그 일을 계기로 남편은 체력을 길러야 한다는 마음을 먹었다. 남편이 동네 가까운 산을 매일 타기 시작했고, 나도 함께하는 날이 점점 많아졌다. 바쁘지 않은 날 오전에 함께 산에 오르고, 저녁에 가게 문을 열었다. 일요일에 집 근처를 벗어나 충북의 월악산, 속리산, 칠보산, 소백산 등 크고 작은 예쁜 산들을 거의 다 다녔다. 다행히 충북에는 작은 알프스로 불리는 산행하기 좋은 산들이 포진해 있다. 그것도 우리에겐 축복이었다. 남편이 나보다 더 열심히 산을 타며 산악회 회장을 맡기도 했다. 산을 오르며 느꼈던 모든 감정을 다 표현할 수는 없다. 일찍 돌아가신 부모님 대신해 나를 따뜻하게 품어 준 것도 산이었다. 걷기 싫어하던 남편과 함께했던 산행은 내게는 선물 같은 날들이었다.

지금 남편의 취미는 등산이 아니라 낚시와 당구이다. 나는 여전히 한 달에 한두 번 산악회를 통해 산에 간다. 집 앞 작은 산은 반려견과 함께 걷는다. 이제 각자의 취미를 존중하며 살아가고 있다. 이제는 여유를 가지고 일하며 살아간다. 돈은 벌리는 때가 있는 것이다. 또한, 마음대로 되지 않는다는 것을 살아온 경험으로 알게 되었다. 남편과 10년을 함께하며 힘든 날도 많았지만 다툼과 싸움은 세월의 시간 속에 묻혔다. 이제는 서로의 건강을 챙겨주며 불편함도 참아줄 수 있는 여유가 생겼다. 고군분투했던 시간을 지나 지금은 오전의 여유를 누리며 저녁 장사만 하고 일요일도 쉰다. 젊었기에 가능했던 치열한 시절을 지나 각자의 취미를 즐기며 살아가고 있다.

나에게 작은 꿈이 있다. 남편과 함께 70이 되기 전에 스페인과 포르투갈의 산티아고 순례길을 걸어보는 것이다. 산을 좋아하는 사람들이 순례 삼아 다녀온 길을 건강할 때 남편과 함께 걷고 싶다. 수십 킬로 걸어야 하는 길이기에 더 늦기 전에 다녀오고 싶다. 그날을 손꼽아 기다리며 오늘도 맡은 일을 충실히 하고 있다.

2장

몰입의 즐거움,
취미를 지속 가능하게 만든
기술과 루틴

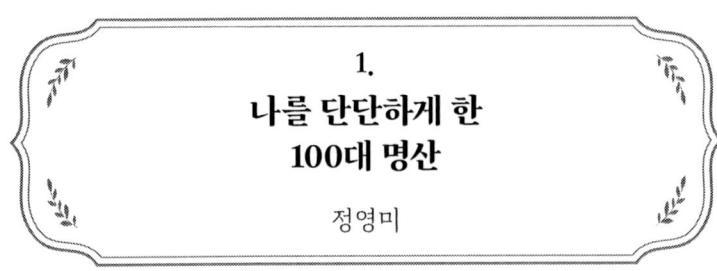

1.
나를 단단하게 한
100대 명산

정영미

5년 동안 산림청이 정한 100대 명산을 완등했다. 산이 좋아서, 산이 나를 끌어당겨서 산행은 자연스럽게 시작했다. 처음부터 거창한 목표가 있었던 것은 아니다. 40대 초반, 눈이 펑펑 내린 3월 둘째 주 토요일이었다. 초등학교 친구들과 가벼운 마음으로 상당산성을 올랐다. 그날 마주한 풍경이 내 삶의 방향을 바꾸어 놓았다. 소복이 내려앉은 흰 눈은 황홀할 만큼 아름다웠고, 마음이 두근거리기 시작했다.

'아, 산은 이런 곳이구나'

두근거림은 쉽게 사라지지 않았다. 주말이 되면 자연스럽게 발길은 상당산성으로 향했다. 계절이 바뀔 때마다 상당산성 모습이 달라졌다. 봄의 연두, 여름의 짙은 초록, 가을의 단풍, 겨울의 고요한 흰빛을 마주하며 산과 대화를 나누듯 깊이 빠져들었다. 1년 동안 거의 매주 상당산성을 오르며 산이 주는 에너지 충전을 온 몸으로 느꼈다.

'상당산성 말고, 우리나라 다른 산은 어떤 모습일까?'

작은 호기심은 100대 명산 도전의 출발점이 되었다. 남편과 마주 앉아 약속처럼 말을 꺼냈다.

"산림청이 정한 100대 명산, 함께 가볼까?"

첫 번째로 오른 산은 집에서 차로 이동해, 한 시간 거리에 있는 속리산(1,057m)이었다. 여러 등산로를 오르내리며 '아, 나도 높은 산을 오를 수 있겠구나'하는 자신감이 생겼다. 이후 겨울 설악산(1,708m)에 도전했다. 내복에 두꺼운 티셔츠, 두툼한 파카까지 껴입고 관광버스에서 내렸을 때는 뼛속까지 시린 찬 바람이 몰아쳤다. 가파른 경사를 오르자 땀이 나기 시작했고, 찬바람과 땀이 뒤섞이며 콧물이 멈추지 않았다. 파란 하늘 아래 펼쳐진 눈꽃은 바닷속 산호처럼 아름다웠지만, 체온 조절에 실패한 대가는 혹독했다. 손발은 얼어붙고 머리카락은 고드름처럼 굳어버렸다. 겨울 산행에서 체온 조절이 얼마나 중요한지 몸으로 배웠다. 다시 찾은 겨울 태백산(1,567m)에서는 얇은 옷을 겹겹이 입었다. 벗었다 입기를 반복하며 체온을 조절하니 훨씬 편안한 산행이 되었다. 산은 꾸준한 반복과 경험 속에서 조금씩 나아질 수 있다는 사실을 알려주었다.

100대 명산 도전 이전, 친구와 둘이 올랐던 대둔산(987m)은 공포의 기억으로 남아 있던 산이었다. 안개가 자욱해 잘 보이지 않는 가운데 바위를 타고 오르는 계단은 유난히 무서웠다. 함께 간 친구한테 무서움을 들키지 않으려 애쓰며 손잡이를 꽉 붙들고 한 발씩 내디뎠다. 하지만 남편과 다시 오른 대둔산은 전혀 다른 모습을 하고 있었다. 맑은 날씨 속 펼쳐진 풍경에 감탄이 끊이지 않았다. 그제야 알았다. 보이지 않으면 상상이 두려움을 키우는 것을. 산도 사람도 한 번의 경험만으로 판단해서는 안 된다는 사실을, 대둔산을 다시 오른 경험이 가르쳐 주었다.

천태산(720m)에서는 도시락을 먹으려다 수저를 챙기지 않았다는 사실을 알게 되었다. 잠시 난감해하다가 옆에서 식사하던 분들에게 조심스레 나무젓가락을 부탁했더니 흔쾌히 여분을 내어 주셨다. 덕분에 맛있게 점심을 먹으며 깨달았다. 우리는 결코 혼자 살아갈 수 없다는 것을. 삶은 도움을 주고받으며 이어지는 사회적 관계 속에 있다는 단순한 진리를 깨달았다.

가야산(1,430m)은 긴 오름과 커다란 바위들이 연속으로 이어지는 산이었다. 최장 코스를 선택해 세 시간이 넘도록 걸어 정상에 올라섰다. 오를 때 그렇게 거대해 보이던 바위조차 산 전체의 작은 일부에 불과하다는 사실이 눈에 들어왔다. 사소한 일에 마음이 좁아지던 내 모습이 떠오르며, 지나고 보면 별것 아닌 일들이라는 생각에 저절로 미소가 지어졌다.

황매산(1,113m)은 철쭉을 보기 위해 찾았다. 관광버스 타고 내리면 쉽게 볼 수 있을 줄 알았다. 하지만 가쁜 숨을 몰아쉬며 세 시간 올라서야 비로소 철쭉 군락지를 만날 수 있었다. 힘들게 오른 만큼 풍경은 장관이었다. 정상은 사람들로 붐벼 더 오를 엄두가 나지 않았다. 멀리서 정상이 보이는 인증사진만 찍었다. 그날, 많은 인파가 몰리며 다친 사람이 발생하는 위험한 순간도 목격했다. 헬기가 세 번이나 정상에 올랐다. 아름다움은 혼자만의 것이 될 수 없다는 것, 때로는 거리를 두는 선택도 필요하다는 것을 배웠다.

서대산(904m)에서는 능선을 따라 걷다 길을 잘못 들었다. 한참을 내려갔다가 다시 올라가야 했다. 삶도 그렇다. 내 길이라고 믿고 걸었지만 되돌아와야 했던 순간들이 있었다. 정상에는 강우레이더 관측소가 자리하고 있었다. 탁 트인 풍경 대신 묵직한 구조물이 눈에 들어왔다. '정상은 기대하는 모습이 아닐 수도 있겠구나'하는 생각을 하게 되었다. 계방산(1,577m)은 관광버스를 타고 올라가 중간 지점부터 산행했다. 누군가의 도움을 받아 시작하는 삶도 충분히 괜찮다는 생각이 들었다. 무등산(1,187m)에서는 정상의 찬바람 앞에서 리더의 자리가 얼마나 외롭고 차가운지 떠올렸다. 칠갑산(561m)의 겨울 숲에서는 아무것도 감추지 않은 나무들처럼 있는 그대로의 나를 마주했다. 한라산(1,950m)을 오르기 위해 제주도로 향했다. 비행기보다 저렴한 비용을 택해 배를 탔다. 신정 연휴라 사람들로 꽉 찬 선실에서 난민인 된 듯한 답답함을 견뎌야 했다. 100개의 산은 저마다 다른 방식으로 나를 성장시켰다.

산행 초반에는 힘이 넘쳐 가장 긴 코스를 선택했다. 지리산 (1,915m)에서 13시간 30분을 걸었을 때는 머릿속이 완전히 비워지는 해방감을 느꼈다. 60개쯤 등반했을 무렵, 추운 겨울 산행 속에서 슬럼프가 찾아왔다.

왜 100대 명산을 오르겠다고 했을까?

포기하고 싶을 때, 방법을 바꾸기로 했다. 짧은 코스를 선택하고, 갈 수 있는 만큼만 걷기로 했다. 연화산(524m)은 자동차로 최대한 올라가 한 시간 만에 정상 인증만 하고 내려왔다. 산행 시간을 줄이자 다시 즐거워졌다. 산은 내게 무조건 오래, 멀리 가야만 의미 있는 것이 아니라는 사실을 가르쳐 주었다. 남편이 자전거 사고로 쇄골이 부러져 네 달간 공백기를 가져야 했다. 산행보다 삶 자체가 더 큰 산처럼 느껴질 때도 있었다. 그 모든 시간과 경험은 우리의 100대 명산 이야기가 되었다. 마지막 가리왕산

(1,561m)에서 내려오며 나에게 말했다.

"영미야, 끝까지 해낸 거 정말 잘했다."

힘들었던 시간과 얼어붙은 손끝과 발끝, 포기하고 싶었던 순간들까지 모두 나를 단단하게 만든 기억으로 남았다.

자신의 삶을 지탱해 주는 취미 하나쯤 가져도 좋다. 꼭 산일 필요는 없다. 하루 10분 명상, 한 페이지 독서, 짧은 글쓰기, 가벼운 운동처럼 작은 루틴이면 충분하다. 설렘을 주는 작은 시작이 삶을 바꾸는 여정이 될 수 있다. 행복은 정상에 있는 것이 아니라, 나를 향해 한 걸음씩 걸어가는 과정에 있었다.

2.
나를 존중하게 되는 기록

이은진

왜 우리는 기록을 시작하고 또 금방 그만둘까? 해마다 연말이 되면 새해 다이어리 쓰기 다짐을 한다. 1월부터 12월까지 다이어리 쓰겠다는 다짐을 하며 다이어리를 고른다. 스타벅스 프리퀀시를 모아 받는 다이어리부터 산책 기록용, 업무용, 주머니에 쏙 들어가는 포켓용 다이어리까지. 시중의 무궁무진한 종류만큼이나 나의 다짐도 화려했다. 새해 다이어리의 첫 페이지를 마주하는 순간만큼은 내가 완전히 새로운 나로 다시 태어나는 착각에 빠지기도 한다. 하지만 그 설렘의 유통기한은 짧다. 1월이 채 지나기도 전에 다이어리는 앞부분 몇 장만 채워진 채 서랍 구석으로 밀려나기 일쑤다. 쓴 날보다 비어있는 날이 더 많았다. 주어진 하루를 간신히 살아내기에 급급했다. 오늘 하루가 어디로 흘러갔는지 모르고 살았다. 일과 삶이 계속 충돌하는 기분이다.

"시간 없다" "바쁘다"라는 말을 입버릇처럼 달고 살다가 문득 멈춰 서서 나를 돌아보게 되었다. 이대로 살아도 괜찮은 걸까. 나의 24시간은 대체 어디로 흘러가는 걸까, 24시간이 궁금했다. 막연한 불안함을 해소하기 위해 나는 시간별로 적어 보았다. 수기로 작성하는 다이어리가 아닌, 구글 캘린더에 기록했다. 밥 먹은 시간, 일하는 시간, 산책하는 시간, 집안일하는 시간, 쉬는 시간, 멍때린 시간까지 전부 적었다.

처음엔 어색했다. 몇 시부터 몇 시까지 무엇을 했는지 기억도 나지 않았다. 하지만 한 달, 두 달 기록이 쌓였다. 놀라운 사실을 발견했다. 시간이 없어서 바빴던 게 아니었다. 단지 내 시간이 어디에 쓰이고 있는지 모르고 있었을 뿐이었다. 알록달록하게 채워진 캘린더를 보니 묘한 뿌듯함이 차올랐다. 좋은 경험을 혼자만 간직하고 싶지 않았다. 나와 같은 고민을 하는 사람들과 함께하면 좋을 듯 했다. 2024년 5월 네이버 카페 1일 1정리에서 시간 관리 소모임 '내 시간 잡아'를 모집했다. 매일 자신의 하루를 캘린더에 기록하고, 매주 금요일 아침 10시에 줌으로 만나 서로의 일주일을 나누는 모임이다. 일주일 기록을 돌아보며 잘한 점과 아쉬운 점을 정리하고, 이번 주 한 줄 평으로 자신을 피드백한 뒤 서로 나누었다. 우리는 조금씩 나아졌고 이전과 다른 삶을 살기 시작했다. 그동안 정리되지 않았던 시간이 정리가 되고, 또 다른 일을 시작할 힘이 생겼다. 어떤 날은 "나 오늘 무너졌어요"라며 울컥한 마음을 나누었고, 또 어떤 날은 오늘 기록한 나를 미래의 내가 응원할 거라며 웃기도 했다. 우리의 시간을 소중히 생각하고 토닥이며 잘 살아내고 있다고 위로하는 시간이었다. 모임을 하며 나는 깨달았다. 기록은 나를 다시 돌아보게 하는 과정이며, 시간 관리는 나를 존중하는 행위라는 것을.

기록을 하다 보면 신기한 변화를 알아차린다. 눈에 보이는 수치는 현실을 직시하게 만든다. 내가 생각보다 충분히 쉬지 않았다는 사실, 작은 일에 시간을 과하게 썼고, 의미 없는 스크롤 시간이 하루를 잠식했다는 것이다. 반대로 생각보다 많은 것을 해냈다는 거다. 이 모든 것이 기록 위에 명확해진다. 그 명확함이 삶을 더 좋은 방향으로 돌릴 힘을 준다. 시간을 기록하는 사람들은 자신의 하루를 더 아끼게 된다. 오늘을 대충 흘려보내지 않으려 한다. 일과 삶의 균형이라는 거창한 말보다 '오늘 하루 제대로 살았는가'라는 질문에 집중하게 된다. 그 질문이 반복될 때, 삶은 구체적으로 달라진다.

내가 소모임에서 가장 효과가 좋다고 느꼈던 기록 방법을 정리해 보면 다음과 같다. 첫째, 복잡한 도구보다 지금 바로 기록할 수 있는 도구를 선택해야 한다. 종이 다이어리든, 어플 다이어리든 상관이 없다. 메모할 수 있는 어떠한 것이면 된다. 하지만 습관을 유지하려면 즉시 기록할 수 있는 도구가 필요하다. 그 점에서 구글 캘린더는 가장 간결하고 빠르게 현재와 미래를 기록하기 좋다. 휴대폰은 24시간 내 옆에 있는 도구이기 때문이다. 둘째, 모든 시간은 '좋다' '나쁘다'로 평가하지 않는다. 책 읽고 글 쓰는 시간은 물론 잠자는 시간, 밥 먹는 시간, 멍때린 시간도 기록하고 유튜브 본 것도 기록한다. 기록은 솔직하게 나의 하루를 알려주며, 나의 에너지 흐름을 보게 한다. 평가하지 않고 사실만 쓰면 부담이 줄고, 오히려 시간이 더 선명해진다. 셋째, 자기 전 10분이면 하루 돌아보기 가능하다. 처음에는 뭐했지? 기억이 나지 않을 수 있다. 책 읽고 밥 먹는 시간을 사진으로 찍어 기억하고, 바로바로 기록하며 오늘을 마주했다. SNS에 오늘의 감정 남기듯이 가볍게. 넷째, 주 1회 피드백하는 시간을 가진다. 이번 주 중 가장 좋았던 것 1개, 아쉬운 것 1개, 다음 주 하고 싶은 것 1개, 3줄이면 충분하다. 내 시간 잡아 소모임에서 금요일은 피드백하는 날이다. 금요일은 평일의 마무리와 주말을 맞이하기에 딱 좋다. 일주일을 되돌아보며 보충할 것 보충하고 주말에는 푹 쉴 수 있어 마음이 여유로워진다. 다섯째, 기록을 계획이 아니라 자아 발견으로 바라본다. 기록의 목적은 더 바쁜 사람이 되는 것이 아니다. 나를 더 잘 아는 사람이 되는 것이다. 나의 시간 활용 패턴을 알면 울적한 기분, 그리고 심란함도 금방 회복된다.

기록은 어렵지 않다. 문제는 시작이 아니라 지속이다. 거창한 의지에서 오는 것이 아니다. 오늘 딱 한 줄. "오늘 내가 가장 중요한 일에 쓴 시간은 무엇인가" 이 한 줄만 적어 보면, 그다음 줄은 자연스럽게 이어진다. 기록이 쌓이면, 나의 하루, 일과 삶의 균형, 나아가 인생의 흐름까지 조용히 움직이기 시작한다. 오늘의 내가 과거의 나, 내일의 나를 응원해 주는 방법 그게 바로 기록이다.

나에게 다이어리와 시간 기록은 더 이상 해야 하는 관리가 아니라 하나의 취미가 되었다. 예쁘게 쓰지 않아도 되고, 빠짐없이 채우지 않아도 되는 취미. 하루를 돌아보고, 나를 관찰하고, 오늘의 나를 조용히 응원하는 시간이다. 기록은 생산성을 높이기 위한 도구가 아니다. 내 삶을 애정 어린 시선으로 바라보게 되었다. 취미로서의 기록은 부담을 내려놓게 하고, 그 덕분에 나는 오늘도 자연스럽게 다이어리를 펼친다.

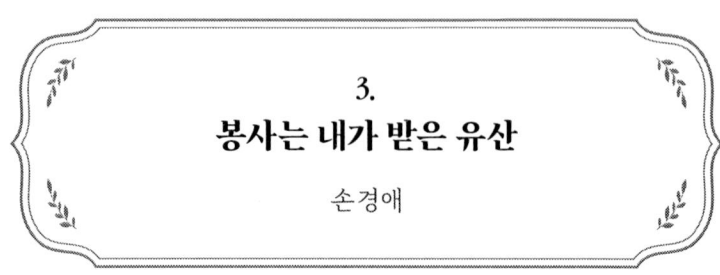

3.
봉사는 내가 받은 유산

손경애

내 마음에는 봉사활동을 하고 싶은 마음이 항상 열려 있었다.

어렸을 적 할머니와 할아버지 댁에서 자랐다. 아버지께서 경찰이라 발령이 잦아 6개월에 한 번씩 지서와 경찰서로 옮겨 다니셨다. 자주 이사 다니는 것이 어려워 난 할머니 집에 맡겨져 3살부터 할머니 댁에서 살았다.

그때는 6.25 전쟁 직후라 사람들이 힘들게 살 때였다. 할머니 집은 마을에서 부자였다. 어려서부터 보며 자란 것은 매일 우리 집에 밥을 먹으러 오는 사람이 많았던 기억이다. 농번기에도, 농한기에도 항상 사람들이 들끓었다. 어린 마음에 우리 집은 왜 사람들이 와서 밥을 먹을까? 하고 생각했다. 할아버지가 힘들게 농사지어서 많은 사람을 먹여 살리지? 그렇게 생각했다. 우리 집에서 세 식구 오붓하게 밥을 먹을 수 있는 시간은 오직 아침뿐이었다. 저녁은 항상 사람이 북적했다. 조금 커서야 이유를 알았다. 할아버지와 할머니께서 가난한 이웃을 돕는다는 것을.

남의 집에 셋방살이하던 시절에도 장사하시는 분들이 와서 집이 멀고 버스가 없다고 하면 우리 집에서 자고 갈 수 있게 했다. 남편도 괜찮다고 했다. 그냥 한방에서 같이 잠을 잤다. 그렇게 조금씩 다른 사람을 돕게 되었고, 그 이후로 회사에 다니면서도 봉사에 관심이 있었다. 현장 근무하는 동료들과 같이 의논했다. 회비를 조금씩 걷어 남을 돕는 일을 하자고 했더니 모두 찬성을 해주었다. 모은 돈으로 출근하기 전에 남편과 새벽시장에 가서 사원들이 필요한 물품을 구매한 후 회사에 와서 사원들에게 조금씩 이윤을 남기고 팔았다. 그 이윤으로 후원을 시작했다.

한국도자기는 무척 바빴다. 매일 아침 여덟 시에 출근하여 퇴근은 저녁 아홉 시였다. 퇴근해서 집에 가면 밤 열 시다. 그 시절은 마트가 없던 시절이므로 모든 생필품은 시장에서 구매하는데 시장은 그 시간은 문이 닫혀 동네에 있는 구멍가게에서 생필품을 구매해서 생활해 나가는 시절이었다.

우리 회사는 일 년 열두 달을 토요일 일요일도 없이 오직 회사 안에서만 살았다. 회사가 쉬는 날은 근로자의 날, 여름휴가, 추석

명절, 설 명절뿐이었다. 사원들에게 필요한 물건을 미리 알아보고 새벽 시장에 가서 물건을 사는 일은 남편과 내가 맡았다. 남편은 그렇게 나를 도와주었다. 회비를 낸 사원들은 판매와 수금을 담당하였다. 이익을 창출한 수익금으로 소년 소녀 가장에게 매월 후원하고 독거 어르신들에게는 연탄을 공급해 드렸다. 영운동은 여자 독거 어르신들이 생활하셨고 대성동 쪽은 남자 독거 어르신들이 생활하고 계셨다. 그곳에 겨울에는 연탄을 공급해 드렸다. 또한 대학교 입학생에게는 등록금이 없다는 연락을 받고 등록금을 대신 내주기도 했다. 지금은 암이 흔한 병이 되었지만, 그 시절은 몸이 아파도 무슨 병인지도 모르고 치료도 못 해보고 사망하는 경우가 많았다. 그런 회사 가족들에게 치료비에 보태 쓰라고 도움도 주었다. 회사에서도 간부님들이 우리가 봉사하는 것을 알고는 회사 내에서 장사하는 것에 대하여 이해를 해주었다. 회사 사원들도 남을 돕는 일에 쓴다는 것을 알고 많이 팔아주었다. 그러면서 연말에는 회사와 우리 부서 이름으로 방송국에도 성금을 기부도 했다. 그땐 참으로 열심히 봉사와 기부를 했다. 봉사한다는 생각만으로도 행복하고 보람된 일이었다.

세월이 지나고 커다란 대형마트가 생겨 더 이상 판매를 할 수가 없었다. 그때부터 혼자서라도 성금을 내며 불우이웃 돕기를 했다. 용암1동 행정복지센터에 다문화가족과 언어활동이라는 프로그램이 있어 그곳에 등록했다. 프로그램은 우리나라의 회원들과 다문화가족으로 일본인, 중국인, 베트남인, 필리핀인 등 세계 각국 사람들이 참여하는 프로그램이었다. 회원들은 충북대학병원 직원들이 많았고 변호사, 언론인, 공무원, 학교 선생님들 그리고 그 회원들의 가족이다. (남녀노소) 참여할 수 있는 프로그램이며 외국인은 충북대학교에서 석사 박사 학위를 받으러 온 유학생들이 대부분이었고 간혹 국제 결혼을 한 부부도 있었다.

공예 비엔날레가 시작하면서 외국인 관광객들의 홈스테이도 활성화되어 나도 2년 동안 중국인들을 대상으로 두 번이나 우리 집에서 홈스테이를 해보기도 하였다. 다른 회원들은 일본어와 중국어, 영어를 잘했지만 나는 아예 언어가 안되었다. 그래도 몸짓 손짓으로 대화가 통했고, 중어중문학과를 나온 며느리도 와서 통역을 해주었다. 우리 며느리가 그때는 왜 그리 멋있고 이뻤는지. 그 아이는 음식도 잘했다. 특히 중국 음식을 잘해 우리 집에 온 중국인 손님들이 엄지 손을 치켜 주며 칭찬해 주었다.

충북대학병원 직원들과 의료봉사 활동도 하였다. 충청북도 시군 읍면을 매월 1회씩 돌아다니며 남편은 운전 봉사를, 나는 간호조무사로서 다문화가족들에게 제공하는 의료봉사에 참여하는 것은 또 하나의 보람이었다. 또한 여러 직군의 회원들을 만나면서 배울 점도 많았다. 회원들은 여러 가지 좋은 정보도 알려주고 남편이 아팠을 때는 누구나 할 거 없이 찾아와 도움을 주곤 했다. 남편이 돌아가신 후 법률적인 도움을 받기도 했다. 의료봉사 활동을 같이해 온 회원들과의 만남은 지금도 이어지고 있다.

천안으로 가서도 장애인 복지 센터에 가서 매주 1회씩 무료 급식 봉사활동을 하였으며 천안시 독거노인들에게 한 달에 한 번씩 무료 급식 봉사를 했다. 최선을 다해서 어디서든 열심히 하고 어떠한 일이 있어도 봉사만큼은 꼭 참여하려고 했다. 모든 봉사활동은 코로나로 인하여 활동 중지가 되면서 하지 못했고, 지금은 건강상 청주로 이사 와서 하지 않고 있다.

우리 할머니께서 직접 행동으로 보여주시면서 봉사하는 마음을 내게 유산으로 남겨 주셨다. 좋은 유산을 물려준 것에 깊이 감사드린다. 봉사하는 순간이 좋았고 봉사가 끝나고 집에 돌아오면 마음은 항상 뿌듯함을 느꼈다. 지금은 사정상 참여하고 있지 않지만, 좋은 인연은 계속 유지되고 있다. 해마다 불우이웃 성금을 열심히 내고 있다. 올해는 봉사 금액이 조금 추가되었다. 승일 희망 재단이다. 루게릭병 환우와 가족을 응원하며 매달 얼마씩 후원을 몇 개월째 하고 있다.

유엔 난민기구, 세이브 칠드런, 유니세프, 월드비전, 대한적십자사 등 여러 곳에 매달 후원금을 기부하곤 한다. 조금 덜 입고 덜 쓰고 하면 어려운 이웃에게는 힘을 실어주는 에너지가 된다. 나에게는 힘들 수도 있다. 그러나 계속 이어나가고 싶다. 할머니의 이웃사랑과 봉사하시는 정신을 지금도 가슴 깊이 생각하고 있다. 또 어디에서 봉사해야 하나 생각 중이다. 중앙공원에서 급식 봉사를 하자는 의견이 나왔고 그 봉사도 해보고는 싶다. 내 건강이 허락하며 어디서든지 기회가 주어진다면 봉사하고 싶은 마음은 항상 열려 있다. 문제는 실천이 중요한 것 같다. 마음만 먹고 말로만 하면서 움직이지 않으면 안 된다. 봉사는 곧 행동과 실천으로 보여주는 것이다.

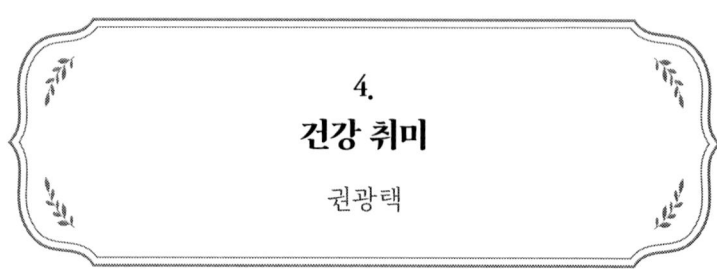

4.
건강 취미

권광택

통계청 발표에 따르면 2025년 우리나라 기대수명은 84.5세이다. 1970년대 62세 남짓이었던 것과 비교하면 불과 50여 년 만에 20년 이상 늘어난 셈이다. 의료 기술의 발달과 생활 수준의 향상으로 80세를 넘겨 사는 것이 더 이상 특별하지 않은 시대가 되었다. 그러나 오래 사는 것과 건강하게 사는 것은 다르다. 한국인의 건강수명은 약 65세에 불과하며, 나머지 약 19년은 질병이나 부상을 안고 살아가야 한다는 뜻이다. 더욱 심각한 것은 만성질환의 급증이다. 질병관리청이 발간한 "2024 만성질환 현황과 이슈"에 따르면 만성질환으로 인한 사망이 전체 사망의 78퍼센트를 넘는다. 이것이 우리가 직면한 현실이다. 오래 살게 되었지만 건강하게 살지 못한다면 삶의 질은 나락으로 떨어진다. 초고령사회에 진입한 대한민국에서 건강은 더 이상 선택이 아닌 필수가 되었다.

　나는 17세의 나이에 불의의 사고로 허리를 다쳤다. 순간의 부주의는 병원 신세로 이어졌다. 한동안 제대로 걷지도 못했다. 통증은 낮에도 밤에도 나를 괴롭혔다. 예전처럼 자유롭게 몸을 움직이지 못한다는 사실이 무엇보다 답답했다. 밤낮으로 일을 하고 있었기 때문이다. 재활치료를 받으며 병원을 오가는 동안, 앞으로의 삶에 대한 막연한 두려움이 엄습해 왔다. 건강의 소중함을 깨달았다. 아프기 전에는 건강이 당연한 거라 여겼다. 젊다는 이유로 몸을 혹사해도 괜찮으리라 생각했다. 불규칙한 식사, 만성적인 수면 부족, 운동과는 담을 쌓은 생활이 어떤 결과를 가져올지 진지하게 고민해 본 적이 없었다.

　건강에 관한 관심이 높아졌다. 사고로 인한 통증이 이어졌기 때문이다. 허리 통증 치료에 소문난 병원을 찾아다녔고, 대학 시절에는 건강 관련 교양 과목을 듣기도 했다. 관련 서적을 읽고 전문가의 조언을 구하면서 건강을 지키기 위해서는 세 가지 습관이 중요하다는 것을 알았다. 식습관, 운동 습관, 생활 습관이다. 균형 잡힌 식단으로 영양을 섭취하고, 규칙적인 운동으로 체력을 기르며, 충분한 수면과 스트레스 관리로 몸과 마음의 균형을 유지해야 한다는 것. 하지만 아는 것과 실천하는 것은 전혀 다른 문제였다. 식단을 바꾸고 운동도 병행했지만, 번번이 실패했다. 작심삼일이 반복되었다. 자신을 스스로 다독여봐도 결과는 같았다. 수많은 실패 끝에 원인과 다짐을 곰곰이 생각해 보았다. 첫째, 목표가 모호했다. "건강하게 살아야지"라는 막연한 다짐은 행동으로 이어지기 어려웠다. 언제까지, 얼마나 어떻게 해야 하는지 명확한 목표가 필요하다. 목표가 명확하지 않으니, 시작도 하기 전에 흐지부지되기 일쑤였다. 둘째, 한꺼번에 너무 많은 것을 바꾸려 했다. 내일부터 식단도 바꾸고, 매일 운동도 하고, 일찍 자고 일찍 일어나겠다는 계획은 현실적으로 지속 불가능했다. 한 가지씩 천천히 바꿔야 한다. 셋째, 끈기가 부족했다. 건강은 단기간에 만들어지는 것이 아니라 오랜 시간 꾸준히 쌓아가는 것인데, 인내심이 부족했다. 길게 잡고 실행해야 한다는 것을 알게 되었다.

가장 결정적인 원인은 즐거움이 없었다. 빡빡한 일상에서 건강을 위한 활동이 의무처럼 느껴졌다. 의무감만으로는 어느 습관도 오래 유지할 수 없다는 것을 깨닫기까지 오랜 시간이 걸렸다. 결국 나의 실패는 억지로 하려 했기 때문이었다. 아무리 좋은 의도로 시작해도 즐겁지 않으면 오래갈 수 없었다. 전환점은 의외의 곳에서 찾아왔다. 성공적으로 허리 수술을 마치고 1년이라는 시간이 흘렀을 때, 어느 날 친구의 권유로 헬스클럽에 나갔다. 처음에는 체력도 달리고 힘들기만 했다. 그러나 서서히 근력이 강화되어 균형 잡힌 체형으로 돌아왔다. 끈기를 가지고 꾸준히 임했기 때문이다. 그때의 성취감은 이루 말할 수 없었다. 자연스럽게 발길은 헬스장으로 향했다. 운동을 해야 한다는 의무감이 아니라, 다시 그 기분을 유지하고 싶다는 기대감으로 헬스장을 찾게 되었다. 바로 취미의 힘이었다. 건강을 위한 활동이 의무가 아닌 즐거운 취미가 될 때, 비로소 지속 가능한 습관이 된다는 것을 몸소 깨달았다.

식습관도 자연스럽게 바뀌었다. 아내가 곡류, 단백질, 채소 및 과일, 유제품으로 균형 잡힌 식단을 차려준다. 나트륨과 당류, 트랜스지방 섭취를 줄이도록 함께 노력했다. 잦았던 술자리도 피하고, 부득이한 술자리에서는 과하지 않을 정도로 마셨다. 이러한 식습관은 심혈관 질환, 당뇨병, 암 등 만성질환의 위험을 줄이고 건강한 삶을 영위하는 데 도움이 될 거라 확신했다.

헬스라는 취미 하나가 생활 습관을 바꾸어 놓았다. 사고와 실패의 교훈을 되새기며 끈기와 목표를 가지고 꾸준히 실천한 결과, 나는 건강한 신체를 유지하고 있다. 예전처럼 허리 통증에 시달리지 않고, 체력도 젊었을 때 못지않게 회복되었다. 70세가 넘은 나이에도 혈압과 당뇨가 없으니, 무엇보다 마음이 건강해졌다. 중요한 것은 무엇을 하느냐가 아니라 그것을 어떻게 즐기느냐였다. 즐거우니 억지로 하지 않았고, 자연스럽게 몸을 움직이게 되니 건강도 따라왔다. 건강을 위해 무엇을 해야 할지 모르겠다면, 누구든지 먼저 즐길 수 있는 건강 취미를 찾으라고 권하고 싶다. 취미를 고를 때, 나만의 네 가지 원칙이 있다. 첫째, 흥미를 최우선으로 두자. 건강에 좋다고 해서 싫어하는 활동을 억지로 하면 오래가지 못한다. 둘째, 작게 시작하자. 일주일에 한 번, 30분만 투자해도 좋다. 중요한 것은 시작하는 것이고, 그다음은 꾸준히 하는 것이다. 셋째, 함께할 사람을 찾자. 같은 취미를 가진 사람들과 함께하면 동기 부여가 되고 사회적 유대감도 형성된다. 넷째, 결과보다 과정을 즐기자. 취미 활동 자체에서 즐거움을 찾으면, 건강은 자연스럽게 따라온다. 건강한 취미를 찾아 행복하고 건강한 백세시대를 열어가자.

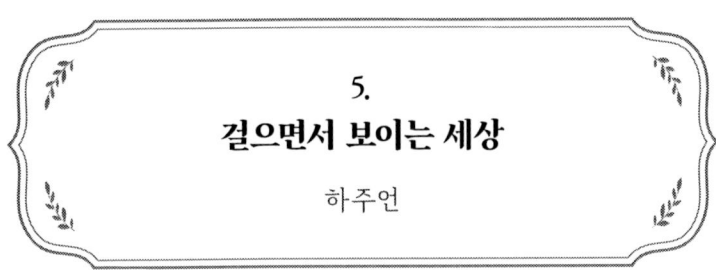

5.
걸으면서 보이는 세상

하주언

"하주언 님, 허리 수술 준비하세요."

20살에 허리 수술을 하라는 의사의 말을 들었다. 청소하다가 삐끗했는데 수술까지 해야 한다니 하늘이 무심했다. 수술대에 오를 생각을 하니 눈물이 주르륵 흘렀다. 20살에 허리 수술을 하면 앞으로 나는 어떻게 살아야 하지? 수술하지 않고 고칠 수 있는 방법을 찾기 시작했다. 아직 젊으니 고칠 수 있다고 말해주신 선생님이 계셨다. 하루에 2시간 이상 걷기를 해보라는 물리치료사 선생님의 말씀을 실천하기 시작했다. 집에서 학교까지 1시간가량 되는 거리를 매일 걸었다. 1년이 넘는 시간 어느 순간 허리가 아프지 않았고, 걷기하면서 근육이 붙은 모양이었다.

처음에는 허리를 들지도 못할 만큼 아팠고, 걸어도 걷는 게 아니었다. 10분 걷기 쉬다가 걷다 쉬다가 20살 청년이 참 막막하고 답답했다. 돈 들이지 않고, 누구의 도움도 필요하지 않은 아주 단순한 행동이었지만, 그걸 할 수 없는 상황이 답답했다. 아프지 않았다면 몰랐을 소중함. 걷기를 통해서 몸과 마음을 다시 세워 준 고마운 기회였다. 20대를 지나면서 언제부터인지 몸이 좋지 않은 날도 고객의 민원으로 힘들어 마음이 무너지는 날도 자연스럽게 운동화로 갈아 신고 걷고 있었다. 힘이 든 날일수록 더 힘차게 걸었다. 숨이 차고 땀이 나고 나면 모든 문제가 단순하게 해결되는 느낌으로 다시 생각이 정리되었다. 인간관계, 가족, 일, 나 여러 가지 해야 할 일들과 해 내야 하는 일이 눈앞에 펼쳐져 있었다. 뭐부터 해야 할지 어떻게 해야 할지 막막할 때 운동화를 보면 기분이 좋아졌다. 나를 살려주는 내 친구가 있었으니까.

살다가 삶이 벅찰 때 걷기는 언제나 나를 일으켜 세우는 가장 단순하고 가장 확실한 방법이었다. 허리가 아프지 않고 걸어야 할 이유가 타당하지 않았다면 걷지 않았을 것이다. 걷기 전에는 일상의 풍경이 내 마음에 따라서 다르게 보인다는 것을 알지 못했다. 같은 길도 내 마음이 달라지면 풍경이 달라지고 천천히 걸으면서 평소 보이지 않던 것들이 보인다는 것을 알게 되었다. 걷다 보면 공기의 냄새가 코에 닿아 시원했다. 상쾌하고 행복한 수많은 느낌이 나를 감쌌다. 걷다 보면 세상이 나에게 말을 걸고 나무도 나를 반겨주고 위로를 해주었다. 몸을 위해 시작했던 걷기는 어느 순간 세상을 바라보는 시각을 넓혀 준 선물이 되었다. 걷기는 내 인생을 구한 가장 단순하고 강력한 방법이었다. 내 몸을 살렸고, 마음도 살렸고, 미래를 살아갈 용기까지 주었다. 부모님의 이혼으로 평범한 가정은 아니었기에 세상을 바라보고 살아갈 용기가 나에게 필요했다. 친구에게도 말하고 싶지 않은 부모님의 이혼이 나를 너무 누르고 있었다. 나의 미래를 부모님의 이혼으로 접으려고 했던 순간도 있었다. 인간은 기회가 자주 온다는 말이 있다. 나에게는 허리가 아픈 현실이 걷기라는 친구를 알게 해준 기회였다. 지금도 나를 지켜주는 든든한 버팀목이 되어주고 있다.

걸으면 좋아진다. 첫째, 몸과 마음이 건강해진다. 일과 다르게 산책이나 걷기는 휴식과 마음의 편안함을 가져다준다. 걷기는 자신을 돌아볼 수도 있으면서 건강을 챙기는 최고의 도구이다. 일단 밖에 나와 운동화를 신는다. 내 마음에 갈등하는 것들 해결하기 위해서라도 밖으로 나갔다. 화가 났던 일 마음 상했던 일들이 떠오른다. 걸으면서 하나씩 내려놓기 시작했다. 정리가 되었다. 허리를 수술할 상황이었지만, 걷기를 선택해서 수술하지 않고 지금까지 건강하게 일도 하고, 아이도 챙길 수 있게 되었다. 시간이 나서 걷는 것이 아니라 시간을 내서 걸어야만 한다. 20대부터 걷기 시작했던 나의 습관과 루틴 덕분에 건강한 육체와 정신을 챙길 수 있었다.

둘째, 걸으면서 보는 세상은 나의 기분이나 컨디션에 따라 다르게 보인다. 보이지 않았던 자연의 모습과 생각지 못한 것들이 눈에 들어오고 관찰을 시작하게 된다. 속이 상했거나 마음이 아플 때 걷다 보면 좋은 방향으로 생각 전환이 되었다. 생각은 줄이고 행동하는 것이 좋다. 성장하고 싶으면 바로 행동해야 한다. 하나씩 하나씩 행동해야 한다. 나는 걸으면서 나 자신을 만날 때가 많다. 내면을 들여다볼 수도 있다. 니체는 8시간 이상을 걸으면서 영원 회귀 사상에 관해 연구하고 고민했다고 한다. 걸으면서 명상까지는 아니더라도 차분해지는 나를 만날 수 있어 좋았다. 어떤 일을 결정하기까지 고민도 바로 해결해 주는 것이 걷기였다.

셋째, 어렵고 힘든 상황에 빠르게 걷기도 한다. 걷는 것을 통해 내 안에 호흡, 혈액순환 변화, 성장하는 시간이었다. 어렸을 때의 상처, 남편과의 불화, 아이들이 힘들게 할 때 무조건 걸었다. 하루를 마치고 밤에 혼자서 걷는 즐거움은 낭만 그 자체였다. 아무도 없는 큰길에 나만의 세상을 그려놓고 걷다가 춤을 추기도 했다. 아무도 없는 장소를 걷는 길은 나만의 공간이었다. 걷고 난 후 해결책을 들고 다시 삶으로 전진할 수 있었으니까.

걷기는 취미를 넘어 건강을 지켜주었고, 불안을 잠재워 주었기에 나의 가정을 지켜주기도 했다. 나 자신을 지켜주는 수호신 역할도 걷기였다. 단순하고 별거 아닌 것 같지만 나는 지금도 일주일에 3번 정도 꾸준히 걷고 있다. 걷는 덕분에 하루에 백통이 넘는 전화로 수많은 계약도 성사했다. 걷기는 숨쉬기와 같다. 매일 숨 쉬듯 밥 먹듯이 걸어본다. 걷기는 나의 삶에 철학적 가치를 주는 취미 넘어 가치가 되었다.

6.
부담으로 시작된 여행,
그 안에 감춰진 가족이라는 씨앗

장은경

남편과 연애할 때 몰랐다. 결혼하고 나서야 알게 됐다. 남편은 술을 마시면 분노 지수가 높아지는 사람이었다. 다른 사람과 마찰이 생기면 말싸움으로 시작해 몸싸움으로까지 이어졌다. 그때마다 남는 여파는 컸다. 그런 모습을 보는 것이 너무 힘들었다. 이렇게는 함께 살 수 없겠다는 생각에 몇 차례 크게 싸우기도 했다. 마음이 돌아설 만큼 지친 시간이었다.

그러던 어느 날, 남편이 먼저 말을 꺼냈다. "술을 끊어볼게. 대신 집을 떠나 여행을 가자." 이유를 물었다. 밖으로 나가 다니다 보면 마음이 편해지고 낯선 곳에 가는 것 자체가 흥미롭다고 했다. 여행 가면 가족에게 더 집중하게 되고, 할 일이 많아져 잡생각이 줄어든다고도 했다. 그렇게 여행이 시작됐다. 시간이 지나면서 변화가 보이기 시작했다. 여행지에서 남편은 술 마셔도 취한 모습을 거의 보이지 않았다. 예전처럼 화내는 일도 점점 줄어들었다. 그 모습을 보며 속으로 생각했다. '이 사람은 가족 곁에 있을 때 가장 안정되는 사람이구나.' 어쩌면 역마살이 있는 사람인지도 모르겠다. 전국에서 행사가 열린다는 곳이면 빠지지 않고 찾아다녔다. 한 번쯤 가볼 만하다는 곳, 유명하다는 곳은 차례로 다녔다. 그러나 "나가자, 짐 챙기자!"라고 외치면, 주부인 나에게 여행은 부담이었다. 나가면 돈 들고, 아이들 챙길 것도 많다. 결국 모든 일이 내 몫이라는 생각이 들었다. 경제적으로 여유가 있는 시기도 아니었기에 한숨이 먼저 나왔다. 남편 술 때문에 시작한 여행 속에서 알게 모르게 삶이 변하는 힘을 배우고 있었다.

불편함 속에서 배워진 몰입의 힘. 20년 전만 해도 차에 네비게이션도 보편화되지 않았을 때 지도만 보고 무작정 동해로 떠났다. 낮에 근처 명소 관광하고, 밤이 되자 숙소 구하려고 차를 몰아 이곳저곳 다녔다. 배는 고파오고, 아이들은 졸음을 참지 못해 눈을 비볐다. 여름이라 바닷가 근처에서 그냥 자도 되겠다는 생각이 스쳤지만, 텐트를 챙겨 오지 않은 게 문제였다. 남편과 기어코 싸웠다. "내가 텐트 챙기자고 했는데 내 말 들었으면 아무 데나 치고 자면 되는데 이게 뭐냐고!" 큰 소리 소리쳤다. 잠자리 때문에 남편과 다투며 지쳐가고 있었다. 다섯 곳을 넘게 돌아다녔지만, 숙소는 모두 찼고 남아 있는 방은 가격이 두 배로 올라 있었다. 20년 전, 숙소는 15만 원에서 25만 원이었다. 바닷가 앞 평상 하나 가격이 8만 원에서 10만 원 했다. 그날은 평상조차 빈 곳이 보이지 않았다. 차는 계속 바닷가를 맴돌았고, 우리 가족은 점점 말수가 줄었다. 지칠 대로 지친 얼굴들 위로 짜증만 겹겹이 쌓여 갔다. 더는 방법이 없다는 걸 모두가 느끼고 있었다. 새벽 2시가 되어서야 방 구하는 걸 내려놓고 바닷가 주차장에 차를 세웠다. 주차장 옆 공동 화장실에서 대충 이 닦고 세수했다. 그리고 아무 말 없이 승용차 쏘나타에 네 식구는 몸을 구겨 넣어 잠을 청했다. 그런데 신기하게도 두 딸은 "집에 가자."라는 불평 한마디 없이 그 상황을 잘 따라주었다.

새벽녘, 큰딸이 나를 흔들어 깨웠다. "엄마, 눈 떠봐!" 그 순간 눈을 뜨니 주차해 둔 차 바로 앞, 바다 위에서 해가 떠오르고 있었다. 바다 전체가 붉게 물들고 있었다. 수평선 위로 구름을 밀어 올리듯 해가 살짝살짝 피어오르고 있었다. 그 장면은 지금도 잊히지 않는 평생의 한 장면이었다. 숙소 못 찾아 헤매던 그 밤이 우리 가족에게 평생 기억에 남을 추억을 선물한 것이다. 이 기억은 두 딸이 바닷가 근처 여행하게 되면 지금도 그 여정의 추억 서랍을 연다.

2011년 휴가 때, 남편 회사 친구 가족과 함께 담양 산속 깊은 곳, 저녁이었다. 흙집이다 보니 벽 틈에서 벌레가 한 마리 두 마리씩 나오기 시작했다. 그러자 남편 친구 가족, 딸이 기겁을 했다. 울고불고하며 여기서 못 자겠고 했다. 그 가족은 밤에 시내 모텔로 갔다. 하지만 우리 가족은 그냥 묵기로 했다. 펜션 안에 있는 노래방 기계를 켜고 신나게 노래하고 춤추며 분위기를 바꿨다. 마당에서는 장작불 피워 고기를 구워 먹으면서 산속에 온 운치를 즐겼다. 작은딸은 겁이 많아 주변을 살피며 무섭다고 하면서도 가족과 함께했다. 겁이 없는 큰딸이 작은딸에게 장난치며 분위기를 더 띄웠다. "야! 너 뒤에 뱀 있다! 야! 너 옆에 지네 지나간다." 작은딸은 언니한테 무서운 거 참고 있다며 장난치지 말라고 하더니, "엄마 머리 위에 벌레 있다."라며 불안하고 무서운 분위기를 멈추게 했다. 딸 둘이 장난치며 깔깔거리다 보니 우리 가족끼리 오히려 더 가까워졌다.

늦은 밤 장작불 끄고 남은 음식이 조금 남아 있었다. 주인아저씨가 다시 와서 말했다. "이 근처에는 가끔 멧돼지가 내려옵니다. 남은 음식은 있으면 치워두세요." 그 말 듣자, 잠깐 움찔했다. '우리도 시내로 내려가야 하나?' 고민이 되었다. 남편과 큰딸은 이제 하루 보냈으니 여긴 우리 영역이라 괜찮다며 마음 놓으라고 말해주었다. 벌레 소동이 있는 밤을 무사히 보냈다. 딸들은 환경에 적응을 잘해주었다.

여행과 협동이 만들어 준 삶의 루틴이 생겼다. 두 번 폐업하고 심적·경제적으로 힘든 상황에 세 번째 '두찜'이라는 체인점을 오픈하면서, 배달 90%, 홀 10% 하면서 바쁜 시간 3시간에 알바 한 명만 쓸 수 있었다. 내가 혼자 할 수 있는 일이었지만, 두 딸은 말하지 않아도 각자 할 수 있는 영향력을 발휘하여 엄마가 자리 잡을 때까지 도와주었다. 남편도 주방 도구들 편리하게 쓸 수 있게 만들어 주어 뿌듯했다. 여행에서 겪은 불안전함 속에서도 가족이 함께 움직이던 협력의 리듬이, 이번 가게 오픈에서 자연스럽게 가족의 뭉침으로 이어졌다.

금요일 저녁 주문이 쏟아져 숨을 돌릴 틈도 없던 시간이었다. 뜨거운 열기 속에서 눈과 손이 동시에 바쁘게 움직이고 있을 때, 누군가 소리도 없이 주방으로 들어와 가만히 나를 보고 있었다. 고개를 돌려보니 환하게 웃는 딸이 서 있었다. 그 순간 가슴이 털컥 내려앉을 만큼 놀랐다. 놀란 뒤에는 말로 다 표현하지 못할 고마움이 밀려왔다. 요즘 아이들은 자기 시간을 가장 소중히 여긴다. 일 끝나면 친구 만나거나 자신을 위한 휴식 시간이 먼저다. 부모 가게 와준다는 건 그들에게는 개인적 자유 시간의 박탈이기도 하다. 두 딸은 언제나 부탁하지 않아도 엄마 혼자 바쁠까 봐 먼저 달려와 준다. 큰딸에게 물었다 "금, 토 연속으로 고생 많네. 힘들지?" 특유의 퉁명스러운 말투로 툭 내뱉었다. "엄마 도와주려고 왔지, 뭐!" 배시시 웃으며 말한다. 귀찮은 척하는 말투였다, 보물처럼 귀한 딸, 그 속뜻은 너무 선명했다. "엄마 혼자 힘들까 봐"라며 나를 향해 웃는 미소가 밖으로 드러내는 표현보다 먼저 가슴이 닿았다.

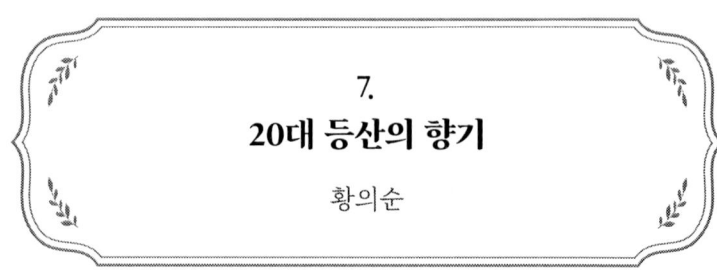

사회 초년생 시절, 청주시청 도시과에서 근무했다. 지금 돌아보면 그 시절은 유난히 또렷한 기억으로 남아 있다. 삶이 아직 단순했다. 세상이 어떤 방향으로 흘러갈지 몰랐던 때였다. 그만큼 두려움도 적었다. 대신 호기심이 많았다. 무엇이든 배우고 싶고 해보고 싶었다.

커피도 마시지 못했다. 복도 한쪽에 놓여 있던 자판기를 처음 보았을 때, 버튼을 어떻게 눌러야 하는지 몰라 잠시 서성였다. 직원들이 자연스럽게 종이컵을 들고 커피를 마시는 모습을 보았다. 그 장면이 어른의 세계처럼 느껴졌다. 사회 초년생이 커피를 마실 줄 모른다는 사실이 조금은 부끄럽게 느껴지기도 했다. 그래도 아무도 나를 탓하지 않았다. 오히려 직원들은 나를 잘 챙겨주었다. 말수가 많지 않고, 묵묵히 맡은 일을 해 내는 모습이 예뻐 보였던 모양이다. 토요일 사무실에 남아 공부를 하면 "참 열심히 하네."라고 응원해 주었다. 그 말 한마디가 나를 그곳에 오래 다니게 해주었다. 사회는 차갑기만 한 곳이 아니라 따뜻하다는 것을 그때 처음 알았다.

시청에 들어가기 전, 가죽 공장에서 아르바이트한 적이 있다. 재봉틀로 소가죽을 재단하고, 원형으로 만들어진 팔 부분의 접합 부위를 다리미로 가르는 일이었다. 온종일 같은 자세로 서서 손을 움직이다 보면 손목이 저렸다. 어느새 오른손 안쪽에는 굳은살이 생겼다. 굳은살은 일을 열심히 했다는 증거이자, 몸으로 버틴 시간의 흔적이었다.

경험하고 난 뒤 시청에 들어갔을 때, 세상은 확실히 달라 보였다. 몸으로 일하던 장소와 머리로 일하는 장소는 공기의 결부터 달랐다. 서류가 쌓인 책상, 회의실의 분위기, 말의 속도와 방향. '화이트칼라 출신들과 일한다.'라는 느낌이 처음으로 와닿았다. 노동의 무게를 몸으로 먼저 배운 사람이었다. 경험은 이후의 삶에서도 나를 단단하게 만들었다. 직원들 단합 차원에서 한 달에 한 번씩 등산을 다녔다. 충북 괴산에 있는 산들이었다. 가족들과 함께한 시간이 부족하다 보니, 직원들과 함께 등산 다니는 게 나한테는 행복한 기억이다. 힘들었지만 함께하는 시간과 소속감으로 따듯한 감정으로 남아 있다. 처음 산에 올랐을 때는 5분만 올라가도 숨이 찼다. 헉헉거리며 멈춰 서 있으면, 리더는 늘 기다려주었다. 재촉하지 않았고, 비교하지도 않았다. 숨을 고르고 다시 출발할 수 있도록 내 옆에서 기다렸다. 한여름 산행 날, 땀이 눈으로 흘러 들어가 따가웠다. 티셔츠는 등에 달라붙었다. 숨은 가슴 위에서 자꾸만 걸렸다. 물병을 꺼내 한 모금 마셨다. 물이 목을 타고 내려가는 감각이 이상하게도 살아 있다는 느낌을 줬다. 그날 이후로 산은 '힘든 곳'이 아니라 '다시 숨 쉬는 곳'으로 기억하게 되었다.

어느 겨울 산행에서는 중간 계곡을 건너다 돌 위에 낀 이끼를 밟고 미끄러졌다. 중심을 잃은 채 차가운 계곡물에 넘어졌다. 순간 너무 놀라 잠시 얼어붙어 있었다. 직원 중 리더가 급히 다가와서 안심시켜 주셨다. 감기에 걸리지 않도록 돌아오는 길 내내 자동차 히터를 가장 세게 틀어주었다. 직원 한 분이 아무렇지 않게 말했다. "소주 한 잔 마시면 괜찮아." 술을 전혀 못 마셨는데 감기에 걸리지 않기 위해 코를 꼭 잡고 소주 한 잔을 들이켰다. 너무 써서 물을 몇 번이나 연거푸 마셨던 기억이 아직도 선명하다. 지금 생각하면 웃음이 나지만, 그때는 참 진지했다. 살아남기 위해, 적응하기 위해 애쓰던 20대 초반의 얼굴이 그 장면 속에 그대로 남아 있다. 봄, 여름, 가을, 겨울. 사계절 내내 산에 올랐다. 20대 초반이었기에 가능했던 일이다.

한 달에 한 번씩 꾸준히 산을 오르다 보니, 어느새 변화가 찾아왔다. 늘 뒤처지던 내가, 1년쯤 지나서는 나이 많은 직원들보다 먼저 선두에 서게 되었다. 포기하지 않고 조금씩 꾸준히 하면 나도 할 수 있다는 것을 말이다. 성취감을 느꼈다. 그때는 몰랐다. 기다림이 얼마나 큰 가르침이었는지를 알게 되었다. 속도를 내는 법이 아니라, 속도를 존중받는 경험이었다.

그 후 자녀를 낳고 키우며 부모 교육과 평생교육을 접하게 되었을 때, 문득 리더를 떠올렸다. 진정한 리더와 부모란 이런 사람이구나. 앞서가는 사람이 아니라, 끝까지 함께 가는 사람. 만약 그때 나를 기다려 주지 않았다면, 끝까지 산을 오르지 못했을지도 모른다. 겨울 산행에서 아무도 밟지 않은 하얀 눈길을 걸어가던 순간, 나무를 발로 툭 치면 눈이 우르르 떨어져 머리 위로 쏟아지던 장면, 차갑지만 깨끗했던 공기. 그 장면들을 떠올리면 조용히 미소 짓게 된다.

산행은 늘 힘들다. 정상에 올라 아래를 내려다보며 시원한 공기를 마주할 때, 차가운 계곡물에 손을 담글 때 느끼는 감정은 말로 다 표현할 수 없다. 정상에서 마시는 따뜻한 커피, 컵라면을 후루룩 먹는 그 순간은 정말로 행복하다. 맑은 공기가 모든 것을 정화해주는 듯했다. 겨울 산은 춥지만, 몸을 움직여 정상에 오르면 몸에 열이 난다. 뜨거운 몸과 차가운 바람이 만나는 순간의 균형. 그때 먹는 따뜻한 음식의 온기. 경험한 사람만이 아는 행복이다. 요즘 겨울 공기를 마실 때면 자연스럽게 그 시절 산행의 기억이 떠오른다. 오감을 자극하는 경험은 오래도록 기억 속에 저장되는 것 같다.

가을 산에서 억새가 바람에 흔들리며 춤추던 모습, 그 사이를 걸어 올라가던 등산길. 힘들었지만 그 풍경들이 나를 위로해 주고 다시 걷게 해주었다. 등산은 돈이 들지 않아 좋다. 자연은 늘 우리에게 많은 것을 준다. 자연을 사랑한다. 20대에는 800고지, 1,000고지를 다녔다. 지금은 40대가 되어 400고지가 딱 좋다. 체력도, 욕심도 달라졌다. 대신 풍경을 보는 눈과 숨을 고르는 법은 더 깊어졌다. 사계절을 산에서 보냈던 기억 덕분에, 지금도 매년 1월이면 남편과 문의 양성산 새벽 산행을 하기도 한다. 올해도 아이들과 함께 해맞이했다.

해를 맞이했던 2025년의 끝자락에서, 또 하나의 새해가 다가오고 있다. 끝이 아니라 새로운 시작이다. 자연은 늘 나에게 말해준다. 기다림, 아름다움, 그리고 나답게 살라고. 남과 비교하지 말고, 내 속도로 가라고. 처음 등산을 시작했을 때, 5분만 올라가도 숨이 차 멈춰야 했던 나에게 산은 이렇게 가르쳐 주었다. 잠시 쉬어도 괜찮다고. 숨을 고르고 다시 가면 된다고. 포기하지 않고 꾸준히 가면 결국 정상에 설 수 있다고. 내 인생도 그렇다. 가다가 힘들면 쉬어도 된다. 다시 힘을 내서 내 속도로 가면 된다. 포기하지 않고 꾸준히 말이다. 산은 나에게 기다림과 배려를 일부러 가르쳐주지 않았다. 내가 스스로 깨달을 수 있게 해주었다. 등산에서 호흡으로 숨을 고르듯이.

8.
작은 종이에 담긴 세상
"대리님 저도 끼워주세요"

윤은영

등산이 신체에 활동적인 에너지를 채워주었다면, 우표 수집은 나중에 가치가 높아진다는 말에 혹해서 시작했다. 초등학교 때부터 편지에 붙은 예쁜 우표를 오려서 모으곤 했다. 하지만 이사하면서 우표를 잃어버렸고 마음 한구석에 아쉬움이 남아 있었다.

사무실에서 대리님이 책상 위에 봉투를 내려놓았다. 동료들이 대리님 책상 주위로 모여들었다. 서류를 재빠르게 마무리한 후 대리님에게 다가가 봉투 안에 있는 게 궁금하다고 물었다. 한 달에 한 번 발행되는 취미 우표라고 했다. 그때 대리님이 나에게 "너도 모을래?"하고 다시 물어보았다.

"네, 저도 끼워주세요!"

대리님은 이미 10년 넘게 우표를 모아온 전문가였다. 우체국에서는 해마다 1월에 취미 우표 발행 계획표가 나온다는 사실을 알게 되었다. 발행 날짜에 맞춰 직접 우체국에 가서 사거나 주문하면 되었다. 우표를 받는 날에는 작은 선물을 받은 것처럼 행복했다. 언니들은 그 우표 모아서 뭐 할 거냐고 물었다. 보물로 대대손손 물려줄 거라고 말했다. 그런 다음 할머니가 되면 우표에 담긴 이야기를 아이들에게 들려줄 거라고 했다.

취미 우표를 모으다 보니 우표의 탄생 배경에 대한 재미있는 이야기도 알게 되었다. 사실 우표가 생기기 전 영국에서는 받는 사람이 편지 요금을 냈다. 사람들은 비싼 요금을 피하려고 편지 봉투에 기호를 표시했다. 집배원이 오면 내용만 확인하고 수령을 거부하는 꼼수였다. 이런 불합리한 상황을 해결하려고 롤런드 힐이라는 사람이 착안했다. 보내는 사람이 미리 요금을 내고 증표를 붙이자는 아이디어를 말이다. 1840년, 세계 최초의 우표 페니블랙이 이런 문제를 해결했다. 작은 종잇조각이 세상을 바꿨다는 사실이 신기했다. 우표는 이처럼 단순한 그림이 아니었다. 한 시대를 압축한 작은 포스터였다.

우표를 통해 그 시대의 흐름을 엿볼 수 있었다. 대통령 선거가 있는 해에는 역대 대통령 우표가 발행되어 우리나라의 역사를 자연스레 알게 되었고, 문화와 예술, 과학 등 다양한 지식을 습득하는 기회가 되었다. 특히 기억나는 해는 2011년이었다. 한국의 캐릭터 시리즈 중 첫 번째로 뽀로로 우표가 발행되던 해였다. 평소에는 전지 1장만 샀다. 전지는 우표 20장이 한 장의 시트에 붙어 있는 것이다. 하지만 그날은 전지 2매와 소형 시트 2매를 특별히 신청했다. 대리님이 아침부터 줄을 서서 사 왔는데, 아니나 다를까 뽀로로 우표는 그날 전국적으로 매진되었다고 했다.

우표에 대한 관심은 전시회로 이어졌다. 서울 코엑스에서 열린 필라코리아 우표 박람회에 고속버스를 타고 갔다. 그곳은 나에게 신세계였다. 우리나라 우표뿐 아니라 세계 여러 나라의 우표, 희귀 우표 등 종류가 다양했다. 특히 나만의 우표 코너는 내가 직접 원하는 사진으로 우표를 만들 수 있어 흥미로웠다. 그때 남편과 함께 나만의 하트 우표를 만들었다. 아이들이 우표를 볼 때마다 좋아한다. 세상에 단 하나뿐인 우리만의 우표다.

전시회는 내 우표 수집 방식에 변화를 가져다주었다.

우표를 오래 보관하는 요령도 배웠다. 우표의 가치를 유지하려면 공기와 접촉하지 않아야 했다. 첫째 우표를 보호하는 특수 비닐인 마운트(Mount)에 넣어 보관해야 하고, 둘째 스톡 북(Stock Book)이라는 전용 앨범에 정리해야 한다. 우표 보관 전용 제품 코너에서 마운트, 스톡 북, 핀셋을 샀다. 집에 돌아가서는 곧바로 기존 우표들을 하나하나 다시 마운트에 끼워 넣고 정리하기 시작했다. 시리즈별, 나라별, 지역별로 정리된 우표들은 한눈에 알아보기 쉬웠고 보물이 쌓이니 마음이 부자가 된 듯 채워졌다.

흥미롭게도 전시회에서 소인(消印), 즉 우체국 도장이 찍힌 우표도 팔고 있었다. 소인이 찍힌 걸 왜 팔지 의아했다. 나중에 알고 보니 수집가들 사이에서는 발행일 소인이 선명하게 찍힌 우표가 더 값어치 있다고 했다. 하지만 나는 깨끗한 우표를 선호했다. 결국 내 우표들은 수집가들이 원하는 형태가 아니었고, 경제적인 가치는 크지 않았다. 처음에는 속상했지만, 이 우표들은 나에게 돈으로 살 수 없는 소중한 추억이 담긴 보물이라는 걸 깨닫게 되었다.

우표 수집은 아이가 태어난 후 잠시 멈추게 됐다. 하지만 우표 앨범은 사진 앨범처럼 즐거움을 주었다. 지금은 남은 우표 앨범 네 권이 아이들에게 최고의 그림책이자 우리 가족의 역사책이 되었다. 아이들은 우표 앨범을 넘기며 이건 몇 년도 우표야, 이때는 이런 일이 있었네 하며 호기심을 가졌다.

큰아이가 초등학교에 입학했을 때, 함께 우표 박물관에 갔다. 박물관에는 우표와 주화가 다양하게 전시되어 있었다. "엄마, 여기 좀 봐!" 큰아이가 소리쳤다. 달려가 보니 아이가 가리키는 곳에는 바로 우리 집에 있는 우표가 전시되어 있었다. 큰아이는 우리 집에 보물이 있다며 좋아했다. 뽀로로 우표도 박물관에 전시되어 있었다. 2011년 그날 전지 2매를 샀던 기억이 떠올랐다. 입가에 미소가 번졌다.

그곳에서 나는 우표뿐만 아니라 기념주화에도 눈이 반짝였다. 1층 기념품점에 기념주화 만들기 체험 코너가 있는 것을 봤다. 우리는 망설임 없이 참여했다. 5천 원의 행복이었다.

취미는 지금도 나에게 삶의 에너지를 준다. 우표 앨범을 볼 때마다 그 시절이 그립다.

9.
예쁜 정원만 보고
선택한 고깃집

이예주

2006년 충북 무극으로 이사 왔다. '마당에 멋진 돌과 대리석, 아름다운 나무들로 꾸며진 정원이 예쁜 집에서 고깃집을 하기 위해서'였다. 남편 친구가 전원 생활하기 좋은, 정원이 잘 꾸며진 음식점 자리가 있다며 보러 오라고 했다. 남편과 가보니 그 집은 내 마음을 단숨에 매료시킬 만큼 예쁜 집이었다. 아파트 생활을 싫어하던 남편과 전원주택에서 사는 것이 로망이던 나의 꿈을 충족시켜 주기에 충분했다. 그때 나는 아마도 '헨리 데이비드 소로'의 아름다운 '월든 호수'는 없지만, 소로처럼 낭만적인 전원생활을 꿈꾸었나 보다. 겉모습만 화려했던 자리였다. 우리는 깊이 생각하지 않고 계약했다. 흔히들 하는 말 '무식하면 용감하다'고 했던가. 영업에 중요한 주변 여건 하나도 생각하지 못했다. 상권 분석은 아예 하지도 않고 결정했다. 외형적으로 보기에 집 모습만 예쁘고 화려한 곳이었다. 읍내에서 차로 10분 정도 떨어진 외곽 지역이었다. 주변엔 공장이 많았다. 대학이나 고등학교가 없었다. 일할 사람 구하기 힘들다는 것도 영업 시작하고서야 알게 되었다. 경험도 지혜도 없던 순진한 시절의 내 모습이었다.

어떤 음식이든 맛있게 빠르게 잘한다는 칭찬만 믿고 시작했던 요식업 20년, 외길을 걸어 온 계기가 되었다. 도시가 아닌 작은 읍, 면 단위 시골 정착은 쉽지 않았다. 원주민들 시기심과 약간의 '배타적인 태도'가 있었다. 가볍게 던진 말 한마디는 상처가 되었고 마음이 힘들었다. 식당에 온 손님들은 "어디서 살다 왔냐? 고향은 어디냐? 여기는 어떻게 오게 됐냐?"라는 말을 기본으로 물어봤다. 그런 말들이 중요한 건 아닌데, 나는 이곳에서 장사하기 쉽지 않을 거 같다는 생각이 들었다. 음식 먹고 가면서 손님들이 하는 말은 맛있었다가 아니라 아직 멀었다고 했다. 뭐가 멀었다는 건지 알 수 없었다. 이제 와 생각해 보면 '영업의 기본'인 손님 대할 때 상냥한 말투와 웃는 모습이 없었다. 딱딱하고 어두운 표정뿐이었다. 영업하며 생기는 감정들은 대부분 사람 관계였는데, 특히 힘들게 했던 건 술손님들이었다. 술 한잔 마시면 이성을 잃고 막말과 주정을 했다. 초보이었던 나에게 가장 어려운 숙제였다. 장사 초기에 웃음 띤 얼굴로 손님들 맞이하기에는 해야 할 일들도 많았고 힘겨운 날들이었다. 식당 알바라도 해 봤으면 그렇게 쉬운 결정은 안 했을 것이라는 생각을 했다. 시간이 흐르면서 조금씩 가깝게 지낼 수 있는 이웃들도 생겼고, 건물주였던 전선 회사 사모님은 영업에 많은 도움을 주었다. 가게 근처 봉곡리에 살던 형순 씨 재일 씨 부부는 항상 따뜻한 격려와 웃음으로 우리에게 힘이 되어 주었다. 정이 그리울 때 만난 사람들, 지금도 집안 대소사에 함께하는 진정한 이웃으로 잘 살아가고 있다.

장사하기도 바빴던 시절, 마당 예쁜 집은 봄이면 풀과 사투를 벌여야 했다. 가을, 겨울이면 낙엽과 눈을 쓸어야 했다. 식재료 사려면 읍내로 나가야만 했는데, 손님이 일찍 끊기는 저녁 시간이면 칠흑같이 어두웠다. 중, 고등학교 다니는 아들과 딸 하고 시간에 데리러 가야 했고 아이들은 늦은 시간까지 식당에 함께 있다가 장사 끝나면 읍내 집으로 가는 불편함이 있었다. 정원 예쁜 집에서 장사 수익은 생각보다 크지 않았다. 생활은 점점 더 불편해졌다.

남편과 고기가 아닌 다른 메뉴를 찾아보기로 했다. 손님 없는 점심때, 무극에 없는 메뉴를 찾으려고 장사 잘되는 맛집 벤치마킹을 다녔다. 그렇게 찾은 메뉴가 '오리주물럭'이었다. 소, 돼지고기에서 오리고기로 2007년 다시 오픈했다. 오리고기 잘하는 맛집이 무극에는 없었고, 오리가 몸에 좋다는 인식이 많아 인기를 끌 것 같았다. 오리를 안정적으로 공급해 줄 가공업체가 필요했다. 여러 곳을 다니며 찾은 곳이 평택 안중에 있는 청산식품이다. 거래 시작 후 10년 넘는 동안 '해찬솔의' 성장에 큰 도움을 받았다. 장사가 처음인 우리에게 청산식품 사장님은 장사에 대한 여러 가지 경영 비법과 보고 배울 수 있는 유명한 맛집 등을 많이 알려주었다. 그렇게 맛집들을 찾아다니며 눈으로 보고 맛으로 익힌 감각으로 만들어낸 오리주물럭은 내가 만들어낸 완벽한 작품이다. 오리고기로 첫 시작, 오픈 날이 중요하다면서 우리에게 파격적인 가격으로 가공된 오리를 공급해 주었다. 2007년에 오리 2마리 3만 원은 파격적이었다. 장사가 잘되면서 고생 또한 시작되었다. 오리는 불포화 지방이라 몸에 좋다는 인식 때문인지 오픈과 함께 한동안 예약이 넘쳤다. 맛있다는 소문과 함께 오리주물럭을 맛보기 위해 많은 손님이 찾아왔다.

오리고기로 다시 오픈한 정원 예쁜 집은 장사는 잘되었지만, 읍내와 많이 떨어져 있는 외진 곳이라 저녁에 찾아오는 손님들은 힘들어했다. 시간이 지나면서 서서히 손님들은 줄고 식당과 집이 떨어져 있어 오고 가는 불편함이 있었다. 정원 예쁜 집에서 2년 장사하고, 더 좋은 상권 찾아 읍내로 나온 후 9년 동안 영업했다. 9년 오리고기 식당 하면서 배운 경험 세 가지가 있다. 첫째, 음식점은 상권이 좋아야 한다. 가게 앞을 지나가는 사람이 없다면, 맛있는 음식도 소용없다는 걸 깨달았다. 예전에 경험 없을 때 오픈하면 무조건 장사가 잘 될줄만 알았지 위기나 실패가 있을 것은 생각하지 못했다. 둘째, 다른 사람이 개발한 음식이 아닌 나만의 요리법이 필요하다. 프랜차이즈 메뉴는 화려하고 좋아 보이지만 손님들은 금방 지겨워했다. 유행도 빠르게 타고 본사 이익만큼 수익이 나지 않는 구조라는 것도 알았다. 셋째, 동네에 거주하는 손님의 취향, 원하는 기본 시설, 주차장, 예약 시스템 등 자영업도 철학과 분석이 필요하다. 맛은 기본 되었다. 사람들이 배가 고파서 외식하는 시대는 지났다. 정서적인 쉼과 휴식, 맛있는 음식을 통한 위로와 대화 등 다채롭고 창조적인 방식으로 다가서야 한다. 세상에 쉬운 일은 없다.

무엇이든 새로운 일을 시작하면 지속하기가 힘들다. 자영업도 인내심과 서비스 정신, 상권 분석 그리고 나만의 요리법 개발 등 다양한 준비가 필요하다. 어떤 일이나 사업을 잘하기 위해서 어느 정도 경험과 자신만의 기술을 갖추어야 한다. 그리고 반드시 그 일만의 불확실성도 존재한다는 것을 기억해야 한다. 창업하기 전에 많이 공부해야 한다. 요식업도 이제는 공부가 기본인 시대가 되었다.

3장

취미 활동이 만들어낸
내 삶의 결정적 변화

1.
건강을 되찾아 준 헬스

정영미

헬스하러 갈까 말까 망설였다. 주 3회 헬스장에 가서 근력 운동을 한다. '내일 가도 되잖아'하고 나 자신과 타협할 때가 많다. 그렇게 마음먹는 날은 대개 가지 않는다. 그날도 그랬다. 그런데 문득 이런 생각이 들었다. '오늘 안 가면 너무 오래 쉬게 되잖아' 하며 운동화를 신고 헬스장으로 향했다. 일요일 오후의 헬스장은 사람들로 북적였다. 주말 오전에는 나이 지긋한 어른들이 많지만, 오후가 되면 젊은 사람들이 눈에 띈다. 역삼각형의 멋진 몸을 가진 청년도 보였고, 대회를 앞두고 체지방을 줄이며 운동하는 헬스장 대표님도 보였다. 그날은 하체 운동하기로 마음먹었다. 하체 운동 중에서도 스쿼트가 가장 좋다는 건 알지만, 사실 가장 하기 싫은 운동이기도 하다. 맨몸으로 30회 앉았다 일어나기는 어렵지 않게 할 수 있지만, 근육을 만들려면 무게를 들어야 한다. 가볍게 10kg부터 시작해 12kg, 14kg, 16kg 덤벨 들고 20회씩 스쾃을 했다. 가장 하기 싫은 것을 제일 먼저 하라는 말이 있다. 운동도 마찬가지다. 힘들고 하기 싫은 것을 먼저 해 내야 한다. 스쾃을 끝내고 나니 나머지 하체 운동은 자연스럽게 이어졌다. 땀을 흘리며 근력 운동을 마치고 나서 '오기를 참 잘했어!'라며 나에게 칭찬했다.

예전의 헬스장은 남자들이 몸을 만들기 위해 가는 곳처럼 느껴졌다. 기구 사용법은 복잡해 보였고, PT 비용은 부담스러웠다. 나에게 헬스는 사치에 가까웠다. 연간 회원권을 끊어도 몇 번 가서 러닝머신만 걷다 그만두기 일쑤였다. 하지만 지금의 헬스장은 다르다. 몸과 마음을 동시에 세우는 나만의 치유 공간이 되었다. 운동 루틴은 단순하지만 분명하다. 스트레칭으로 몸을 깨우고, 덤벨과 기구를 이용해 상체와 하체를 번갈아 운동한다. 중량은 조금씩 올린다. 1kg이라도 더 들기 위해, 한 번이라도 더 버티기 위해 매번 나 자신과 마주한다. 헬스장에서 운동하는 시간만큼은 강사도, 엄마도, 아내도, 딸도 아닌 오롯이 나로 존재한다. 헬스는 몸의 생기를 되찾고 삶의 중심을 지켜주는 핵심 루틴이 되었다.

헬스에 빠지게 된 이유는 멋진 몸을 만들고 싶어서가 아니었다. 오십 대가 되며 오십견이 찾아왔기 때문이다. 처음에는 왼쪽 어깨만 아팠다. '며칠 지나면 괜찮아지겠지!'하고 넘겼지만, 6개월이 지나도 통증은 사라지지 않았다. 그러다 오른쪽 어깨까지 아프기 시작했다. 어깨 통증은 일상을 순식간에 무너뜨렸다. 팔은 앞으로는 불편하게라도 움직였지만, 등 뒤로는 손이 닿지 않았다. 브래지어를 채우는 일조차 고역이었고, 윗옷을 입고 벗을 때마다 짜증이 치밀었다. 누워 잠을 청하면 어깨가 눌리며 찌르는 듯한 통증이 찾아왔다. 잠들기도 어려웠고, 자다가도 수시로 깼다. '혹시 평생 이렇게 살아야 하는 건 아닐까?'라는 두려움이 밀려왔다. 병원에서 주사와 물리치료를 받아도 잠시뿐이었다. 복화술 인형을 들고 수업하면 통증은 다시 찾아왔다.

그러던 중 길에서 '여성 전용 헬스 30분 순환운동'이라는 문구를 보게 되었다. 무엇이라도 해보자는 마음으로 1년 회원권을 끊었다. 12개의 기구를 두 번 순환하는 30분 운동이었다. 초반에는 상체 운동이 거의 되지 않았다. 기구 위에 팔만 얹어놓는 정도였다. 어깨가 더 망가질까 봐 겁이 나 제대로 움직이지도 못했다. 그래도 지푸라기라도 잡는 심정으로 운동을 이어갔다. 그러다 깨달았다. 몸이 아프다는 것은 단순히 근육의 문제가 아니라, 그동안 나를 돌보지 않고 살아왔다는 증거라는 사실을. 더 이상 내 몸을 외면하지 말라는 경고였다. 주 3~5회, 고집스럽게 운동을 붙들었다. 30분 순환운동을 시작한 지 10개월쯤 지났을 무럽, 통증이 완화되어 옆으로 누워 잠들 수 있게 되었다. 등 뒤로 손이 살짝 닿았다. 아주 작은 변화였지만, 분명한 희망이었다.

몸이 나아지자, 욕심이 생겼다. '무게를 드는 헬스를 제대로 해 볼까?' 헬스클럽을 찾아 트레이너에게 어깨 상태를 말하고 10회 PT를 등록했다. 그런데 3회차 마친 뒤, 혼자 숄더 프레스를 잡고 위로 올리는 동작을 하다가 갑작스러운 두통이 찾아왔다. 하루가 지나도 사라지지 않는 통증에 MRI를 찍어야 하나 걱정이 밀려왔다. 남은 횟수만 채우자는 마음으로 트레이너에게 몸 상태를 말하고 아주 가볍게 운동을 이어갔다. 다행히 두통은 다시 나타나지 않았다. 오히려 몸이 헬스에 조금씩 적응해 가는 것이 느껴졌다. 그렇게 무사히 10회 PT를 마쳤다. 체형이 바로 잡히지 않은 상태에서 혼자 무거운 기구를 드는 것은 위험하겠다는 생각이 들었다. 이후 PT를 30회씩 재등록해 130회를 받게 되었다.

몸이 바뀌자, 마음도 달라졌다. 예전에는 집에 오면 소파에 누워 지냈다. 청소기 하나 드는 것도 버거웠고, 집안 살림도 하기 싫었다. 아이들과 하는 수업을 그만두게 된다면 무엇을 하며 살아야 할지 막막했다. 헬스를 통해 근력이 생기고 몸이 가벼워지자, 활력이 다시 찾아왔다. 청소기를 들고 집 안을 가볍게 청소한다. 복화술 인형을 들고 수업하는 일도 더 이상 부담이 아니다. 몸의 생기는 마음의 안정으로 이어졌다. 스스로에게 질문하기 시작했다.

'지금 내 몸은 어떤 신호를 보내고 있지?'

'무엇이 힘들고, 무엇을 원하고 있을까?'

운동 시간은 땀을 흘리는 시간이 아니라 몸과 대화하는 시간이었다. 스트레칭하며 굳어있던 몸과 화해했고, 덤벨을 들며 나를 지탱할 수 있다는 감각을 얻었다. 3년이 흐른 지금, 팔을 자유롭게 움직이고, 원하는 옷을 불편함 없이 입으며, 밤에도 통증 없이 깊이 잠든다. 어깨를 자유롭게 움직일 수 있다는 사실만으로도 내 인생의 절반은 달라졌다.

의학적으로도 근력 운동은 관절 가동 범위를 넓히고, 굳어진 근육과 인대를 서서히 회복시키는 데 효과가 있다고 알려져 있다. 특히 오십견처럼 어깨 관절의 움직임이 제한되는 경우, 가벼운 저항 운동과 점진적인 근력 강화는 통증을 줄이고 기능 회복을 앞당긴다. 근육이 단단해질수록 관절은 더 안정되고, 혈류가 증가하면서 회복 속도도 빨라진다. 운동은 몸을 바꾸는 일이 아니라, 아파서 멈춰 섰던 삶을 다시 움직이게 하는 가장 확실한 방법이었다.

지금도 주 3회 헬스장으로 향한다. 아프지 않기 위해서 더 오래, 더 활기차게, 나답게 살기 위해서다.

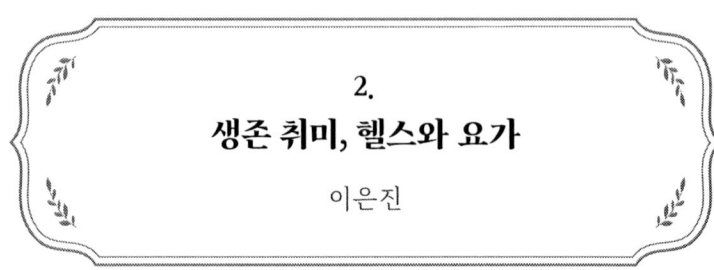

나는 원한다. 바쁜 하루 속에서도 지치지 않는 체력과 건강한 몸, 그리고 불규칙한 일정 속에서도 무너지지 않는 일과 삶의 균형을. 매일 입는 유니폼이 부담이 아니라 자신감이기를 바란다. 잘록한 허리와 탄력 있는 엉덩이로 어떤 옷을 입어도 옷맵시가 예쁜 몸과 긍정적인 마음의 상태를 꿈꾸었다.

예전의 나는 배만 나온 마른 몸이었다. 체구가 작아 왜소하고 약해 보였다. 조금만 무리해도 쉽게 지치거나 몸살을 앓았다. 3교대 근무를 하며 늘 체력의 한계를 정면으로 마주해야 했다. 환절기만 되면 몸살감기를 달고 살았다. 입술은 조금만 피로해도 부르튼다. 쉽게 피곤했다. 기진맥진한 하루를 겨우 버텨내는 날들이 많았다. 지병이 없어 건강하다고 믿고 싶었다. 그러나 겨우 버티고 있을 뿐이었다. 무엇보다 가장 힘들었던 건 나에 대한 당당함과 자신감은 보이지 않았다.

'이대로는 지금 하는 일 오래 하지 못하겠는데?'라는 생각이 들었다. '간호사가 환자보다 더 아파 보이는 건 아닐까'라는 생각이 머릿속을 떠나지 않았다. 체력을 키우기 위해 운동을 해야 했다. 요가와 헬스를 시작했다. 요가와 헬스는 많은 사람들이 운동을 시작할 때 먼저 떠올리는 운동이다. 특히 교대 근무하는 간호사들에게 유연한 운동이기도 하다. 교대근무로 하루의 리듬이 일정하지 않고, 야간 근무와 잦은 초과근무로 몸과 마음이 쉽게 지치는 환경 속에서, 정해진 시간에 얽매이지 않고 혼자서도 할 수 있는 운동이기 때문이다. 병원에서 종일 긴장한 몸으로 일하다 보면 퇴근 후에는 새로운 취미를 시작할 여유가 없다. 살기 위한 운동을 찾게 된다. 그래서 간호사들은 비교적 집 근처에 있고, 컨디션에 따라 강도를 조절할 수 있는 요가와 헬스를 취미로 한다. 요가는 굳어있는 몸을 풀어주고 호흡을 회복하게 해준다. 헬스는 무너진 체력을 다시 끌어올려 준다. 운동은 거창한 목표가 아니라, 교대근무 속에서도 나를 지키기 위한 가장 현실적인 생활 루틴이 되었다.

처음 요가와 헬스를 시작할 때는 많은 사람들이 하는 운동이니 유행처럼 따라 시작했다. 단기간에 옷맵시가 예쁜 몸이 되길 바랐다. 한 달간 PT도 받고 식단 관리도 했다. 더 많은 무게를 들고 더 빨리 달리고 더 많이 걷고 억지로 몸을 반으로 접으면 뱃살이 빠지고 유연해지는 S라인 애플힙이 될 줄 알았다. 강도와 고통을 견디는 만큼 몸은 정직하게 보상할 것이라 생각했다. 그러나 몸은 그런 방식에 응답하지 않았다. 스쾃 100개 챌린지를 시작했다가 일주일도 안 되어 골반 통증으로 일상의 걷기도 힘들어 병원 치료를 받기도 했다.

무리한 운동은 건강에 작은 손상을 남겼고, 몸의 균형만 무너뜨렸다. 운동을 즐기지 못했다. 마치 또 다른 출근을 하듯 억지로 몸을 끌고 헬스장에 가는 날들이 이어졌다. 하지만 꾸역꾸역 시간을 쌓아갔다. 그러다가 기구 사용법이 눈에 들어오기 시작했다. 어떤 동작이 내 몸에 맞고 어떤 방식이 부담을 주는지도 조금씩 알게 되었다. 무엇보다 무리해서 하는 운동이 오히려 몸을 해칠 수 있다는 걸 체감하며, 운동은 참아내는 일이 아니라 즐겁게 내 몸을 이해하는 과정이 되었다.

헬스와 요가는 단순히 살이 찌거나 빠지는 문제가 아니라, 숨을 고르고 근육에 힘을 주는 과정에서 몸에 탄력이 생기고 기초 체력을 쌓는 운동이다. 탄력이 생기자 자세가 달라졌고, 자세가 바뀌자 일상도 달라졌다. 예전처럼 쉽게 무너지지 않았다. 몸이 보내는 신호에 더 귀 기울이게 되었다. 수면, 식사, 회복 같은 기본적인 건강관리에도 신경 쓰게 되었다. 그냥 말라 있던 몸은 힘 있고 근육이 붙은 탄력 있는 몸으로 조금씩 바뀌었고, 체력이 회복되자 마음도 단단해졌다. 외형의 변화보다 더 큰 수확은 건강을 대하는 태도의 변화였다. 나는 깨달았다. 내가 원했던 것은 단순히 보기 좋은 몸이 아니라, 오래 일할 수 있는 몸, 나를 지킬 수 있는 건강, 그리고 나답게 일상으로 돌아갈 수 있는 활력이었다. 요가와 헬스는 나를 올바른 방향으로 이끌어준 생존 취미가 되었다.

내가 요가와 헬스를 통해 마음을 회복하게 해준 세 가지 변화가 있다. 첫째, 운동을 습관이 아닌 생활의 일부로 정했다. '운동을 해도 되는 날'이 아니라, '운동을 반드시 해야 하는 날'로 정했다. 근무 스케줄에 따라 유연하게 조정하되, 하루 20분이라도 몸을 움직이는 작은 시스템을 만들었다. 둘째, 식단에서 금지 리스트를 만들지 않았다. 처음에는 식단을 줄이고, 제한하고, 참아내는 방식이었다. 오래 가지 않았다. 스트레스가 많을수록 음식을 참아내지 못하고 폭식을 했다. 방향을 바꾸었다. 덜 먹기보다 더 챙기기로. 단백질을 더 챙기고, 물을 더 마시고, 야식을 덜 챙기는 방식의 식단은 건강 챙기기 루틴으로 지속되었다. 셋째, 운동

목표를 멋진 몸을 위한 다이어트가 아닌 건강한 삶에 두었다. 예전에는 뱃살을 빼고 힙업을 위한 목표에 중점을 두었다. 하지만 알게 되었다. 건강해지면 몸은 자연스럽게 그에 맞는 모양으로 변한다는 것을. 목표를 바꿨다. 숨이 덜 차는 몸, 무릎이 덜 아픈 몸, 교대 근무에도 버티는 몸, 10km 마라톤 완주할 수 있는 몸. 이렇게 목표가 바뀌자, 운동은 부담이 아니었다.

나의 건강하고 완전한 운동 루틴은 지금 하는 일을 잘할 수 있게 만드는 기반이다. 내 삶의 원동력을 불러일으키는 도구이다. 운동은 선택이 아니고 생존이다. 활력과 즐거움이 생긴다. 뱃살이 있어도 괜찮다. 몸은 천천히 변한다. 삶에서 중요한 건 완벽한 몸이 아니라 건강한 나를 만드는 과정이다. 오늘의 20분 운동이 내일의 체력을 만들고, 작은 꾸준함이 평생의 에너지를 만든다. 운동은 나를 다시 살아나게 하는 루틴이 되었다.

3.
힘든 시간을 이겨낸
그림 그리기

손경애

그림을 그려볼까? 하는 마음이 생긴 적이 있다. 어려서부터 꼭 해보고 싶었는데 나이 들으니 다시 마음이 생겨났다. 하고 싶은 일들을 하나씩 이루고 보니 그림을 그리는 것에 나도 모르는 자신감이 생긴 것 같다. 그저 취미생활로 하고 싶었다.

초등학교 때 경찰이셨던 아버지는 지서에 근무하셨다. 나에게 아버지는 무엇이든 잘하는 멋진 분이셨는데 그림 그리기도 마찬가지였다. 점심시간에 집에 오셔서 점심을 드시는 동안에도 동네 건너편 농협 옆에 있는 은행나무를 쓱싹쓱싹 그리셨는데 정말 똑같았다. 그런 아버지의 모습을 보면서 '나도 크면 그림을 그려보아야지.'라고 생각했다. 그러나 그 생각을 쉽게 이루지는 못했다. 그렇게 시간이 한참 흐른 뒤 늦은 나이에 그림을 그려보자고 결심했다. 곧바로 용암1동 행정복지센터에서 운영하는 한국화 반에 등록했다. 물감과 붓 등 재료 준비도 하고 본격적으로 그림을 시작했다. 그렇지만 마음만 앞서고 생각보다 제대로 된 그림은 나오지 않았다. 회원들을 보면 정말 쉽게 그림을 그리는 것 같은데, 나는 도통 쉽지가 않았다. 그림에 대해서는 무지렁이나 같은 나한테 좋은 그림이 나올 리가 없다고 생각했다. 그림을 그리면서도 항상 마음은 불편했다. 내가 생각한 그림과는 거리가 멀었다. 이해력이 부족한 것을 피부로 느꼈다.

행정복지센터는 일 년에 한 번씩 지역 안에서 전시를 열었다. 나는 어설픈 그림으로 전시회에 작품을 냈다. 그때는 정말 부끄러웠다. 색 표현에 어려움이 있어 채색을 잘하지 못했다. 그러는 중에 남편의 건강에 문제가 생겼다. 더 이상 그림 수업에 참여하지 못했다. 직장 생활과 남편의 병간호를 같이 하면서 어떠한 취미생활도 할 수 없었다. 눈코 뜰 새 없이 바쁜 힘든 날을 보냈다. 그렇게 삼 년이라는 세월이 흘러 2014년 2월 12일, 남편은 세상을 떠났다.

이후로 나는 깊은 우울함과 눈물 속에서 하루하루 힘들게 버티며 살아갔다. 그저 멍하니 허공만 바라보고 외출도 안 하고 뜬 눈으로 밤을 지새우며 시간을 보냈다. 그런 허송세월이 계속되다 보니 갑자기 그림이 생각났다. '아! 그림이 있었지!' 마음을 가다

들었다. 방황과 우울은 사치라고 생각했다. 용기를 내서 한국화 선생님을 찾아갔다. 그림을 잘 그리지는 못했어도 나를 변화시킬 무언가가 필요했다. 슬픔과 우울함으로 가득한 내가 그곳에 가면 웃음을 찾을 수 있다고 생각했다. 항상 밝았고 재미있는 대화가 오갔던 열정 많은 곳이었기에 화실을 다시 찾아간 것이다.

선생님은 버선발로 마중을 나와 주시며 환영해 주셨다. 감사한 마음에 눈물이 나왔다. 지금까지 살면서 그렇게 환영받은 적은 없었다. 정말 잘 왔다고 생각했다. 슬프고 힘들었던 마음을 이곳에 와서 위로받았다고 생각했다. 여기가 아니면 지금의 내가 어디서 이런 위로를 받을 수 있을까. 화실에 매주 월요일 오전 10시부터 2시까지 있었다. 그림을 그리면서 마실 차랑 과일 그리고 반찬은 개인이 집에서 준비해 와 점심도 같이 먹고 집으로 돌아왔다. 다른 사람들과 함께 많이 웃으면서 즐겁고 행복한 시간을 보내며 힘든 시간을 이겨냈다.

한국화 반에서는 일 년에 한 번씩 충북대학병원과 북일면에 있는 운보 김기창 화백의 생가에서 그림을 전시했다. 아프고 힘든 환우들과 가족들에게 조금이라도 위로가 되고 희망을 줄 수 있도록 대학병원 갤러리에 매년 전시하였다. 전시회가 다가오면 마음들이 바빠진다. 집에까지 가지고 와서 밤늦도록 그림을 그리고 선생님의 OK 사인이 나올 때까지 수정하고 또 수정한다. 그래도 시간을 맞추지 못하면 동료들의 도움도 받는다. 어느 것이든 쉬운 것이 없는 거 같다. 전시회에 작품을 전시할 때마다 뿌듯했고 행복했다.

충북대학병원에서는 봄에서 여름으로 넘어가는 6월에 전시회를 하고 가을에는 운보 김기창 화백 생가에서 그림 전시를 한다. 가을 국화 향과 이름 모를 가을꽃들이 피어있는 아름다운 정원이 있고, 고즈넉한 김기창 화백 생가의 연못에 물고기가 자유롭게 헤엄치는 가을 경치가 너무 아름다운 곳이다. 가을이라 색색의 단풍잎과 연못의 연잎이 갈색으로 바래면서 커피 향이 그리워지는 곳이다.

친지들을 초대하고, 간단하게 음식을 장만하여 춤과 노래가 있는 즐거운 파티를 하며, 아들과 딸이 손주들을 데리고 어쭙잖은 엄마의 그림을 보면서 같이 있어 준다. 웃고 있는 아이들의 모습을 보면 나는 정말 행복했다. 그림 실력은 좀처럼 나아지지 않았다. 그래도 일 년에 두 번씩 하는 그림 전시회에 참여하기 위해 열심히 그림을 그렸다. 작가 언니들의 특별 지도를 받으며 작품을 완성해 나갔다. 잘하지는 못하지만, 어렸을 때부터 해보고 싶던 그림을 하나의 취미로 시작하여 몇 년 동안 전시라도 하니, 대단한 작가가 된 기분이었다. 힘들었던 지난 시간을 보상받은 것처럼 좋았다.

천안으로 이사 가며 그림 그리기는 멈췄다. 지금은 건강이 좋지 않아 직장을 그만두고 청주집으로 왔다. 소일거리를 찾다가 8월에 동대문 시장에서 광목 10마를 끊어 가지고 왔다. 옷걸이에 덮을 수 있도록 덮개를 만들고 그곳에 꽃 그림을 그려 넣었다. 가끔 붓을 들고 광목에다 방석 등을 만들어서 그림을 그려준다. 요즘은 에어컨 커버도 만들어서 씌웠는데 수일 내로 그림을 그려야 한다.

나는 여전히 그림을 잘 그리지는 못한다. 그러나 전문가가 아니니 괜찮다. 그림을 취미로 시작해 보지 않았으면 전시회를 할 수가 있었을까? 그림 전시회에 참여해 보는 행복을 가져 볼 수 있었을까? 생각하면서 스스로 위로한다. 이렇게 아무것도 할 일이 없는 나지만 참참이 소일거리로 광목에도 그림을 그려보고 색칠을 할 수 있는 것이 고맙다. 그림을 시작 안 했으면 내가 할 수 있는 일이 아무것도 없이 또다시 우울하게 살고 있을 것이다.

취미는 즐기는 것이다. 잘하고 못하는 것이 아니라 그냥 즐기면 된다고 생각한다. 전문 작가라면 관객을 전제로 하기에 내 그림을 보는 관객을 위해 책임감으로 최선을 다해야 한다는 부담도 있겠지만, 취미는 결과나 평가에 얽매이지 않고 자유롭기에 그 자체로 즐기면 충분하다. 나는 작가가 아니다. 잘하면 더욱 좋겠

지만 내 실력은 아니다. 그렇게 생각하니 속상해할 필요가 없다
고 생각한다. 내 그림 실력을 너무 잘 안다.

딸이 "엄마 그림을 다시 취미로 시작해 보세요."라고 한다. 그
소리를 듣고 나는 웃었다. 다시 시작해 보고 싶지만, 안 되면 이
유를 찾으며 마음을 쓰게 될 거 같아진다. 시작이 어렵다. 그러
나 그림을 다시 그리는 내 모습을 생각만 해도 행복해져서 입가
에 절로 웃음이 나온다.

4.
조기 축구가 만들어낸 삶

권광택

흔히 취미란 여가의 틈새를 메우는 쏠쏠한 즐거움 정도로 여긴다. 바쁜 일상에서 잠시 숨을 돌리는 소일거리, 혹은 무료한 시간을 달래주는 오락쯤으로 치부되기 일쑤다. 그러나 내 삶을 되돌아보면, 취미는 결코 그러한 범주에 머물지 않았다. 그것은 삶을 대하는 태도를 근본부터 바꾸어 놓았다. 역경 앞에서 무너지지 않는 단단한 힘을 길러주었으며, 사람과 사람 사이에 진정한 신뢰의 다리를 놓아주었다. 새벽을 여는 습관 속에 자리 잡은 조기 축구라는 취미가 어떻게 내 삶의 궤적을 바꾸어 놓았는지, 그 여정을 조용히 되짚어 보고자 한다.

어린 시절, 빈농이 대부분이었던 마을에서 동트기 전에 일찍 일어나는 것은 생존을 위한 불문율이었다. 논밭에 나가 일손을 보태야 했기에, 새벽 기상은 선택이 아닌 숙명과도 같았다. 그것이 의무에서 자발적 선택으로 전환된 것은 조기 축구를 시작하면서였다. 아버지의 일손을 거들며 자연스럽게 조기회에 발을 들였을 때, 새벽에 눈을 뜨는 일은 더 이상 고역이 아닌 설렘이 되었다. 어둠이 채 걷히지 않은 시간, 차가운 새벽 공기를 가르며 운동장으로 향할 때 느꼈던 그 기대감은 하루를 수동적으로 맞이하는 것이 아니라 능동적으로 여는 태도를 내 안에 깊이 심어 주었다. 땀을 흘린 후 느껴지는 개운함이 활력을 만들어 주고, 승패를 떠나 몸을 불태운 팀원들과 느끼는 유대감은 일상의 스트레스를 잊게 해주기 때문이다.

새벽 기상은 광고업에 종사하면서도 더욱 단단하게 뿌리내렸다. 새벽 네다섯 시에 일어나 가게 문을 일찍 열어 두세 시간을 먼저 일하고, 밤 열두 시가 되어서야 가게 문을 닫는 생활, 쉽지 않은 일이 가능했던 것은 취미를 통해 체득한 자발적 루틴 덕분이었다. 남들이 깊은 잠에 빠져 있는 시간에 홀로 움직이는 것이 고통이 아닌 일종의 특권처럼 느껴졌다. 세상이 고요할 때 나만의 시간을 확보한다는 것, 삶의 주도권을 스스로 쥐고 있다는 자신감, 그것이 바로 취미 활동이 내게 건네준 첫 번째 선물이었다.

1989년, 오랜 준비 끝에 골재를 생산하는 회사를 설립했을 때,

나는 일인다역의 힘든 삶을 감내해야 했다. 자본도, 인력도, 경험도 부족한 상태에서 할 수 있다는 열정 하나로 사업을 일궈 나가야 했기 때문이다. 현장 관리부터 총무, 출하, 경리까지 모든 것을 홀로 짊어졌다. 맨손으로 바위를 밀어 올리는 것과 다름없었다. 수면 부족에서 비롯된 만성적 피로가 몸을 옥죄었고, 끊이지 않는 자금난과 예기치 못한 사고들이 파도처럼 밀려왔다. 스트레스를 달래기 위해 과도한 음주와 흡연에 기대었고, 몸은 점점 지쳐갔으며, 좌절감이 온몸을 무겁게 짓눌렀다. 그러나 나는 무너지지 않았다. 새벽마다 몸을 일으켜 운동장을 뛰었던 시간들이 그 한계를 버텨내는 근력이 되어 도와주었기 때문이었다.

축구 경기는 단순히 기술을 연마하거나 체력만을 기르는 장이 아니다. 역경 앞에서 포기하지 않는 법을 온몸으로 가르쳐주는 훈련장이었다. 경기에서 점수가 뒤처질 때도 호루라기가 울릴 때까지 끝까지 뛰는 것, 부상의 고통을 딛고 다시 필드에 서는 것. 승리의 기쁨보다 패배를 받아들이고 다시 일어서야 하는 과정이기에, 이러한 순간들이 사업의 위기 앞에서도 무릎 꿇지 않는 인내심과 회복탄력성으로 자연스레 이어졌다. 사고로 다친 허리 통증으로 조기 축구를 접어야 했을 때도, 그간 축적된 정신적 자산은 고스란히 남아 삶의 다른 영역에서 묵묵히 이어졌다.

조기 축구회는 단순한 운동모임 그 이상이다. 새벽마다 같은 시간에 모여 몸과 마음을 부딪치며 땀을 흘리는 사람들 사이에는 특별한 유대가 싹튼다. 운동장 위에서는 사회적 지위나 직업의 경계가 허물어지고, 오직 함께 뛰는 동료로서 서로를 마주하게 된다. 사장도, 직원도, 자영업자도 그저 같은 팀의 일원일 뿐이다. 이 과정에서 형성된 인연은 사업을 운영하는 데 있어 그 무엇과도 바꿀 수 없는 귀중한 자산이 되었다. 땀과 함께 쌓아 올린 신뢰를 바탕으로 한 관계는 어떤 화려한 명함이나 사교적 언사보다도 강력한 연결고리가 되어 주었다. 이러한 관계 맺음의 방식은 이후 라이온스 총재, 의정 활동, 새마을회장 등 다양한 사회적 역할을 수행할 수 있는 든든한 밑거름이 되었다. 취미를 통해 자연스럽게 익힌 협동과 소통의 기술, 승패를 떠나 상대를 존중하는 자세는 어떤 자리에서든 사람들과 자연스럽게 어우러지는 능력으로 발현되었다. 밤낮을 가리지 않고 동분서주하며 여러 직책을 감당할 수 있었던 것도, 결국 함께하는 이들의 도움이 있었기에 가능했다.

취미 활동이 가져다준 변화는 내면에서 다시 일어났다. 오랜 세월 아침형 루틴을 고수하면서 생체 리듬의 균형이 흔들리는 순간들, 오후를 짓누르는 무거운 졸음, 피로가 쌓였을 때 불현듯 찾아오는 무력감. 이러한 경험들은 나를 한층 겸허하게 만들었다.

내가 버텨온 방식이 유일한 정답이 아닐 수 있음을, 저마다의 리듬과 방식이 있음을 마음속 깊이 깨닫게 되었다.

나는 아침형 인간만을 맹목적으로 신봉하지 않게 되었다. 저녁형 인간 역시 엄연히 존재하며, 나이에 따른 생체 리듬과 주어진 환경을 고려해야 되기 때문이다. 중요한 것은 남의 방식을 좇는 것이 아니라, 자신에게 맞는 방식을 찾아가는 것이다. 성과에 대한 조급함보다 과정 자체를 음미하는 여유, 실패하더라도 자신을 스스로 다그치지 않는 너그러움, 그리고 다시 일어설 수 있다는 믿음. 이것이야말로 취미 활동이 내게 가르쳐준 가장 값진 교훈이다.

결국 취미 활동은 내 삶을 조각하는 정과 끌이었다. 몸과 마음에 능동성을 새겨 넣었고 회복탄력성을 부여했으며 인간관계에 신뢰의 정도를 가르쳐 주었다. 무엇보다, 나 자신을 깊이 들여다보고 타인을 너그럽게 이해하는 내면의 깊이를 선사했다. 단순한 즐거움을 넘어선 이 모든 성장의 원천에 취미가 있었음을 고백하며, 각자의 삶에서 그러한 촉매제를 찾아가길 권한다. 방법이 갖지 않았을 뿐, 삶에 실패란 존재하지 않는다.

5.
정리된 집, 정리된 마음, 달라진 나

하주언

'삶은 본래 단순하다. 우리가 어지럽힐 뿐이다.'-공자

집 안의 물건이 정리가 안 되고 제자리에 있지 않을 때 자꾸만 화가 났다. 화가 나서 집 안 정리를 할 때쯤 가족들은 하나둘 눈치를 보기 시작했다. 잔소리가 입 밖으로 나오려고 간질간질해진다. 한번 침을 삼켰다. 바쁘다는 핑계로 정리하지 않고 지나가는 나의 일상이 정신없이 일만 하는 사람 같았다. 바쁘다고 다 허용되는 것은 아니었다. 합리적인 이유가 나를 더 화나게 만드는 상황이었다.

집의 모습이 나의 모습이었다. 머릿속이 복잡할 때 책상이 어지럽듯이 마음이 정리되지 않은 기간이 길어질수록 집안처럼 나도 정리가 안 된 상태였다는 사실을 알게 되었다. 정리를 시작하

면서 느낀 것들은 편안함과 여유였다. 정리가 되고 해야 할 일들도 정돈되었다. 집에 쌓여있던 물건들, 1년이 지나도 쓰지 않거나 입지 않은 옷들 버리기 시작했다. 너무 오래되어서 사용할 수 없는 것들도 있었다. 녹이 슨 클립, 쭈글쭈글해진 봉투, 자꾸 종이를 먹는 스테이플러 등 묵힌 물건들이 이제야 숨을 쉬듯 내 앞에 나와 있었다.

쓰레기봉투를 준비하고, 필요한 물건과 사용이 어려운 물건, 나눌 물건들을 분류했다. 정리하면 할수록 내가 무엇을 중요하게 생각하는지 그동안 놓치고 있었던 것은 무엇인지 보이기 시작했다. 가장 먼저 아이들의 옷부터 정리가 시작되었다. 성장하면서 작아진 옷들은 봉투에 담고, 작년에는 커서 입지 못했던 옷들은 꺼내서 세탁기에 넣었다. 옷이 정리되니 공간에 여유가 생겼다. 공간의 여유가 생기니 내 마음에도 여유가 생기기 시작했다.

다음 주에 입어야 할 옷들을 옷걸이에 걸어두고, 미리 준비하는 시간은 바쁜 아침 시간의 여유를 찾아주었다. 정리를 하면서 버린 것들은 물건만이 아니었다. 묵혀있던 감정과 후회, 필요 없는 집착들이 함께 정리가 되었다. 정리된 나의 주변으로 나는 더 많은 나를 마주 보게 되었다. 집이 정리되면 집에서 나의 모습도 정돈이 된다는 것, 정리된 집 덕분에 마음도 나의 인생까지도 차분해진다는 점을 알게 되었다.

나의 주변이 정리되고 나니 신기하게 내가 하는 일의 태도까지 달라졌다. 급하게 일하지 않고, 매일 해야 할 일을 기록하고, 검토하고 확인하면서 불필요하게 버리는 시간을 활용할 수 있었다. 해야 할 일과 하지 않아도 될 일을 구분하기 시작했고, 그 덕분에 일은 오히려 더 성장하기 시작했다. 정리는 단순히 물건을 버리는 것이 아니라 내 삶의 우선순위를 다시 세울 수 있게 도움을 줬다. 기회가 오고 기준이 생겼다. 예전보다는 조급하지 않게 되었다. 목표를 이루었으면 다음 달을 준비하는 나의 모습이 자리 잡기 시작했다. 성과를 만들어내기 위해서 한 달에 해야 할 일들이 있다. 그 일들을 온전히 해 내야만 다음 달이 연결된다. 직업 특성상 쉬이 없다. 정리를 통해서 여기까지라는 단어는 나를 멈추게 했다. 일을 진행하다가 막히거나 아이디어가 떠오르지 않을 때 정리를 시작했다. 정리 후 마음은 고요해졌다.

정리가 완벽하면 설계도 완벽해지는 경험을 하게 되었다. 일을 잘하는 사람들에게 공통점이 하나 있다. 바로 자기 주변을 다스리는 힘이다. 특히 고객의 미래를 설계하는 보험 설계사에게 '정리정돈'은 단순한 취미 이상의 강력한 업무 무기가 되었다.

정리정돈과 내가 하는 보험 설계사를 과학적 근거로 조사해 보니 이런 이유가 있었다. 첫째, 뇌의 에너지를 아껴주는 '시각적 최적화'이다. 우리 뇌는 눈에 보이는 게 많을수록 스트레스받게 된다고 한다. 신경과학계 연구에 따르면 시야가 어지러우면 뇌는 그 정보들을 다 처리하려고 애쓰느라 정작 중요한 '설계'에 집중할 에너지를 뺏긴다고 한다. 책상 위가 깔끔하면 뇌는 오로지 고객의 보장 분석에만 풀가동할 수 있는 상태가 된다. 정리정돈이 잘 된 환경에서 더 날카롭고 빈틈없는 설계가 나오는 건 뇌 과학적으로 당연한 결과라고 말하고 싶다. 둘째, 정서적 안정 심리학에서 신뢰를 만드는 후광 효과라는 것이 있다. 한 가지 긍정적인 특징이 그 사람 전체의 인상을 결정짓는 현상이다. 설계사가 서류 하나를 꺼낼 때도 막힘이 없고 주변이 단정하다면 고객은 본능적으로 느낀다. "이 사람은 내 소중한 자산도 이렇게 빈틈없이 관리해 주겠구나."라고. 물건을 제자리에 두는 습관은 내 마음의 질서를 잡아주고 그 안정감이 고객에게는 '전문가다운 신뢰'로 전달되었다. 셋째, 복잡한 설계를 단순화하는 '구조화 능력' 정리정돈의 핵심은 '분류'와 '버리기'이다. 수많은 특약과 복잡한 약관 중에서 고객에게 꼭 필요한 것만 골라내는 과정은 방 안의 물건을 용도별로 정리하는 과정과 아주 비슷하다. 평소에 주변을 정리하며 단련된 분류 지능은 수만 가지 설계 조합 속에서 가장 효율적인 해답을 찾아내는 '직관력'으로 이어진다. 정리를 잘하는 사람이 설계도 군더더기 없이 깔끔하게 하는 이유가 바로 여기에 있다.

주변을 정리하는 습관은 내 머릿속을 최적화하는 과정으로 만들어 준다. 정돈된 환경에서 나오는 맑은 정신이 곧 고객을 향한 최고의 설계로 이어지는 법이니까. 보험 일은 말을 많이 하는 사람이 잘하는 것이 아니라, 필요한 말을 정확히 전달하는 직업이다. 마음이 고요하게 정리되니, 무리하게 고객을 설득하지 않게 되었다. 지금 당장은 고객이 아닌 유지가 으뜸인 찐 고객이 찾아오리라는 믿음이 생겼다. 보험은 파는 것이 아니라 제대로 알리고 가입을 돕는 일이라고 나에게 주문을 건다. 아무리 설명을 잘해도 설명을 듣지 않는 분들은 고객 안에서 정리가 되어야 한다는 과정도 알게 되었다. 고객의 관점이 나의 관점과 충돌할 때 고객은 불안하고, 부담스러울 수 있다. 덜 조급하게 깊은 상담을 하는 설계사로 고객에게 다가가기를 바라는 사람이다. 집도, 일도 매일 정리하면서 그렇게 나를 만들어 가고 있다. 그래야 새로운 환경에서 새로운 기회와 기준들이 나를 위해 기다리고 있을 테니까.

6.
몸 따로 마음 따로 속에
찾아온 활력

장은경

'폐업'이라는 말은 칼날처럼 잔인했다. 병원에서 교대로 근무하며 간호조무사로 성실하게 일하고 있었지만, 큰아이가 대학에 들어갈 무렵 현실은 버거웠다. 남편의 수입과 내 월급으로 두 딸의 대학 학비를 감당하기에는 역부족이었다. 큰딸은 건축과 5년 과정이었고, 작은딸은 당시 승무원의 꿈을 안고 외국 유학이 가능한 대학을 준비하고 있었다. 지금 수입으로는 도저히 감당할 수 없었다. 남편의 등쌀도 한몫했다. '장사해야겠다'라는 생각했지만, 무엇을 어떻게 시작해야 할지 막막했다. 마트 갈 때마다 코너에 있는 반찬가게를 이용했었다. 사장님과 자연스럽게 친분도 쌓였다. 장사에 관심이 생겨 이것저것 물어보기도 했다. 어느 날 사장님이 말했다. "반찬 가게 한번 해 보세요." 그 말이 내 인생의 방향을 바꾸는 신호처럼 들렸다.

병원을 그만두고 반찬 가게를 시작했다. 레시피를 받아 3일간 전수를 하고 바로 현장에 투입됐다. 준비된 것은 없었고, 장사가 무엇인지도 모른 채 몸으로 부딪히며 배워야 했다. 경험이 없어 직접 해 보지 않으면 알 수 없었다. 매일 새벽시장에 나가 장을 보고, 아침부터 밤까지 가게를 지켰다. 일주일에 새벽시장을 세 번 이상 나가면서 하루도 쉬지 않고 일했다. 몸은 점점 지쳐갔지만, 손은 멈추지 않았다. 매일 동이 트기 전부터 긴 앞치마를 두르고 부엌 앞에 서서 일했다. 손끝에 깊게 배어든 짭조름한 간장 냄새와 매콤한 고춧가루 향이 훈장이자 삶의 전부라고 믿으며 버텼다. 손끝에 남은 반찬 냄새는 하루를 살아냈다는 증거처럼 느껴졌다. 인수한 반찬의 맛은 마음에 들지 않았다. 같은 나물이라도 나만의 레시피를 만들어 가는 날들이 차곡차곡 쌓였다. 내가 만든 반찬은 동네 맘카페에 올라가기 시작했다.

반찬 가게는 손님이 많아지면서 생각보다 잘 되었다. 마트가 리모델링하면서 매출의 20%가 수수료로 나가는 돈이 많아졌다. 고객들은 매장 안에 들어와 반찬을 구매하는 일이 뜸해졌다. 집과 마트를 오고 가며 아파트 현장과 쿠팡 물류센터가 들어오는 자리에 식당을 하면 잘 되겠다는 생각이 들었다. 마침, 빈 점포가 있어 들어갔다. 기대와는 달리 경기가 좋지 않아 공사가 중단되고 말았다. 2년 겨우 버티고 폐업하게 되었다. 무기력과 우울감이 찾아왔고, 사람을 만나기도 싫었다. 인생의 방향을 잃고 헤매고 있었다.

평소에 가던 목욕탕 옆에서 흘러나오던 음악 소리가 나를 멈춰 세웠다. 문틈 사이로 새어 나오던 신나는 리듬 박수 그 위에 겹친 웃음소리가 마음을 붙들었다. 발걸음을 멈춘 채 그 자리에 서 있었다. 춤추는 일은 나와는 다른 세계의 일이라고 생각했다. 춤 잘 추는 사람들만 들어갈 수 있는 세상 같았다. 음악을 듣는데 생각보다 먼저 몸이 따라가고 있었다. 그리고 마음이 요동쳤다. '저 안에서 춤추고 싶다.' 춤도 못 추고, 몸도 굳었고, 몸치였지만 음악을 들으니, 속이 시원해졌다. 문을 열고 안에 들어갔다. 그날부터 등록해 라인댄스를 하게 되었다.

첫 수업 날, 음악이 시작되었는데 얼어붙은 나무처럼 굳어있었다. 처음 보는 낯선 사람들과 마주하는 것부터 힘들었다. 댄스 수업이 시작되었다. 발은 왼쪽으로 가야 하는데 오른쪽으로 가고, 팔은 나도 모르게 엉뚱한 방향으로 흔들렸고, 발과 팔은 따로 놀았다. 시선은 앞사람 따라 동작하는데 정신은 혼미했다. 불안하면서 즐거운 마음 못 할 거 같은 감정이 느껴졌다. 박자를 조금 맞추면서 가슴에서 뜨겁게 뭔가 올라왔다. 오랫동안 눌려있던 감정이 쾅 하고 분출했다. 거울 속에서 표정이 굳은 채 허둥대던 내가 어느 순간 입꼬리가 올라가 있었다. 발 박자 연습이 반복되면서 소리 지르고, 노래 따라 부르며 웃으며 즐겁게 춤췄다. 무기력함이 줄고 몸이 가벼워지니 사람들과 웃는 횟수도 늘었다. 수업이 끝날 때쯤 내 심장은 숨이 차서 뛰는 게 아니라 살아 있어서 뛰었다. 집에 돌아오는 길, 발걸음이 가볍게 둥둥 떠 있었다. 춤으로 움직인다는 건 삶을 다시 살려내는 첫 신호였다. 몸이 건강해지니 마음이 열리고 생각이 바뀌었다. '다시 일어서 보자. 이번에는 제대로 준비해 보자.'

1년 전, 가게를 폐업했고 몸과 마음을 추스를 시간이 필요했다. 책에서 말하는 '재기'나 '회복'이라는 단어가 내 삶과는 동떨어진 이야기처럼 느껴졌다. 그 무렵 읽었던 책 『파리에서 도시락을 파는 여자』의 한 대목이 오래 남았다. 사업 실패로 돈과 건강을 모두 잃은 뒤, 아무 생각 없이 걷기부터 시작했고 움직이기 시작하자 자신이 보였다는 내용이었다. 그때는 그 말의 의미를 이해하지 못했다. 하지만 시간이 지나며 그 문장은 내 상황과 겹쳐 보이기 시작했다. 가만히 머물러 있으면 아무것도 달라지지 않는다는 사실을 현실에서 직접 경험하고 있었기 때문이다. 폐업 이후 11개월 동안 집에만 있지 않았다. 서울과 부산을 오가며 교육을 들었고, 상권을 분석하며 실패 원인을 정리했다. 다시 장사를 시작할 수 있을지 아니면 전혀 다른 선택을 해야 할지 하나씩 점검해 나갔다.

　라인댄스 배운 시간 덕분에 일상으로 돌아올 수 있었다. 운동 시작하면서 몸의 변화를 먼저 느꼈다. 굳어있던 몸이 풀리자 수면과 식사 리듬이 안정되었고, 생각의 방향도 정리되기 시작했다. 규칙적인 움직임은 무너졌던 일상을 다시 일으켜 세우는 기준이 되었다. 라인댄스는 성취를 위한 활동이 아니었다. 잘하지 않아도 괜찮았고, 결과를 비교할 필요도 없었다. 정해진 시간에 꾸준히 하는 것으로 충분했다. 라인댄스를 통해 다시 움직이기 시작했고 새로운 도전을 준비할 수 있는 시작점이 되었다. 운동이 무너졌던 몸과 마음을 다시 일으킨 삶의 전환점이었다.

　"삶을 살아가는 가장 좋은 방법은 취미를 직업으로 만드는 것입니다" 마크 트웨인의 명언이다. 취미는 우리 삶의 필수적인 부분으로, 우리의 열정을 불러일으키고 삶에 의미를 부여한다. 일상의 무기력에서 탈출할 수 있고 우리의 창의성을 촉진하고, 건강을 증진하는 힘이다. 많은 분이 취미로 삶의 어려운 부분이 해결되기를 기대한다.

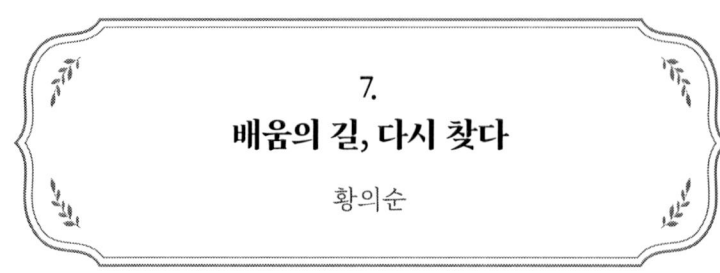

7.
배움의 길, 다시 찾다

황의순

직장 생활을 하면서 나는 종종 이런 질문을 나에게 던지곤 했다. "퇴직하면 나는 무엇을 하며 살게 될까?" 질문은 막연했다. 늘 마음 한편에 자리 잡고 있었다. 당장 답을 찾지 않아도 괜찮았다. 다만 언젠가는 마주해야 할 질문이라는 건 알고 있었다. 불안에 끌려가기보다는, 배움을 통해 다음 자리를 준비해 두고 싶었다. 방송통신대학교 가정학과에 진학했다. 졸업하면 보육교사 1급 자격과 40인 미만 어린이집 원장 자격증이 주어졌다. 그무렵 가정 어린이집을 운영해 보자는 생각은 자연스럽게 떠올랐다. 아이를 돌보는 일은 단순한 직업이 아니다. 삶의 태도와 깊이 연결된 일이라고 믿었기 때문이다. 가정학과에서는 3학년 때 전공을 선택하게 되어 있었다. 가정관리학, 의상학, 식품영양학 중식품영양학을 선택했다. 아이들의 성장과 먹거리는 분리될 수 없다고 생각했기 때문이다. 무엇을 먹느냐는 곧 어떤 몸을 가지느냐의 문제였다. 몸은 다시 마음과 연결되어 있었다. 먹는 일은 곧 삶을 잘사는 일이다.

졸업과 동시에 남편을 만나 결혼을 했다. 삶은 늘 계획한 대로만 흘러가지는 않았다. 돌아보면 그 흐름에는 나름의 질서가 있었다. 그때는 미처 알지 못했다. 이미 '교육'이라는 큰 방향안으로 천천히 이동하고 있었다. 결혼 후 자녀를 키우며 배움의 길로 들어섰다. 아이를 키우는 일과 나를 성장시키는 일은 그 누구도 방해하지 않았다. 오히려 두 가지가 조화를 이루어 나를 살리는 일이었다. 보육교사 1급 자격을 바탕으로 영유아 대상 양성평등 교육 강사 양성 과정을 수료했다. 유치원과 어린이집에서 아이들을 만났다. 2017년부터 2019년까지 이어진 시간은 짧지 않았다. 내 삶의 결을 바꾸기에 충분한 시간이었다. 현장에서 아이들을 만나며 교육의 본질을 몸으로 배웠다. 아이들은 말로만 배우지 않았다. 관계 속에서 배우고, 경험으로 기억했다. 계획한 대로 진행되지 않는 수업도 많았다. 그럴 때마다 아이들은 나에게 질문을 던졌다. "선생님, 왜 그렇게 해야만 해요?" "이건 왜 안 돼요?"
질문 앞에서 늘 다시 생각해야 했다. 가르친다는 것은 알려주는 일이 아니라, 함께 고민하는 일이라는 것, 정답을 주는 사람이 아니라, 질문을 붙들고 함께 성장하는 사람이 되는 일이라는 것이다.

첫째 아이가 초등학교 1학년이 되면서 자연스럽게 유치원 수업은 마무리되었다. 그리고 초등학교 수업으로 연결되었다. 아이들이 성장하는 나이에 맞추게 되었다. 나 역시 만나는 아이들의 나이가 달라졌다. 우리 아이들이 자라는 만큼, 나의 교육 현장도 함께 이동했다. 삶과 교육이 분리되지 않고 하나의 연결로 자연스럽게 이어지고 있었다. 2026년 아이들은 중학생, 고등학생이 되었다. 초등수업을 조금씩 줄이고, 중학생과 성인 학습자를 만나고 싶다는 생각이 들기 시작했다. 아이들이 성장할수록 질문의 깊이가 달라졌다. 나 역시 더 넓은 관점에서 교육을 바라보게 되었다.

코로나가 찾아왔다. 세상은 멈춘 것처럼 보였지만, 그 시간을 배움의 시간으로 삼기로 했다. 공부와 자녀 양육을 함께 하겠다고 마음먹었다. 방송통신대학교 교육학과로 편입했다. 다시 교재를 펼치고, 강의를 듣는 일이 얼마나 의미 있는지 새삼 느꼈다. 코로나 시기의 공부는 이전과는 달랐다. 성취를 위한 공부가 아니라, 버티기 위한 공부였다. 아이들이 잠든 밤, 조용해진 집 안에서 교재를 펼쳤다. 형광펜으로 밑줄을 긋다 보면 눈이 자꾸만 감겼다. 한 문단을 읽고, 고개를 들고, 잠시 멍하니 천장을 바라보았다.

'오늘은 이 페이지까지만 하자.' 마음속으로 선을 긋고 책을 덮었다. 이상하게도 실패했다는 느낌이 들지 않았다. 나는 포기하지 않았다는 작은 안도감이 남아 있었다. 매일 조금씩 이어간 시간이 나를 지탱해 주었다. 배움은 혼란 속에서도 중심을 잃지 않게 해주는 닻 같은 존재였다.

이 시기에 가장 고마운 사람은 남편이다. 내가 공부할 수 있도록 배려해 주었다. 묵묵히 지켜봐 주었다. 김미경 강사의 강의에서 "나를 키워줄 수 있는 남자와 결혼하라"라는 말을 들었을 때, 의미가 문득 가슴에 와닿았다. 그동안은 잘 몰랐다. 우리 남편이 바로 그런 사람이었다는 것을 이 시기에 분명히 알게 됐다. 방송대 교육학과 과정에는 평생 교육사 자격을 위한 현장 실습이 포함되어 있었다. 청주지역 사회교육 협의회에서 평생 교육사 2급 실습을 했다. 실습 과정에서 평생교육의 대모로 불리는 최운실 교수님 강의를 듣고 평생교육 석사 과정에 입학했다.

"아, 이 길이구나." 그동안 흩어져 있던 경험들이 하나로 연결되는 순간이었다. 내가 좋아했던 것은 결국 '사람의 성장'이었다. 아이든 어른이든, 누군가가 자기 자신을 이해하고 한 걸음 나아가는 순간을 함께하는 일. 평생교육이라는 단어는 내 삶의 방향을 또렷하게 정리해 주었다. 학교 현장에서 독서를 매개로 아이들을 만나며 '성장과 변화'라는 목표를 품고 수업하고 있다. 아이들을 가르치면서, 사실은 나 자신도 함께 성장해 왔다.

부모 교육에서 자주 듣는 말이 있다.

"엄마가 행복해야 한다." 엄마가 행복해야 가정에, 아이에게, 주변 사람들에게 좋은 에너지가 흐른다. 계속 배운다. 자녀를 통해 배우고, 타인을 통해 배우고, 책을 통해 배운다. 배움은 나를 더 나은 사람으로 만들기보다, 나를 더 정직한 사람으로 만든다. 독서를 많이 하면 자연스럽게 출력하고 싶은 마음이 생긴다. 많이 먹으면 배설이 필요하듯, 읽고 성찰하며 깨달은 것을 누군가에게 전하고 싶어진다. 그것이 글쓰기이고, 강의가 되고, 때로는 책으로 이어진다. 독서심리상담사를 배우고 삶에 적용하며 살아오다 보니 배움은 계속해서 확장됐다. 배움은 내면의 지평을 넓히는 동시에, 나를 겸허하게 만든다. 알면 알수록 모르는 것이 많아진다. 사실은 나를 위축시키기보다 오히려 편안하게 만든다. 완벽해지지 않아도 괜찮다는 것, 배우는 중이라는 사실만으로도 충분하다는 것을 알게 되었기 때문이다.

평생교육 석사를 하면서 초등학교 수업과 성인 학습 매니저를 했다. 모르는 것을 배우고 알게 되면서 기쁨이 커졌다. 또한 따뜻한 사람과 함께 하는 일은 더욱더 행복했다. 평생교육의 4 기둥-알기 위한 학습, 행동하기 위한 학습, 함께 살기 위한 학습, 존재하기 위한 학습-은 이론적 배경을 바탕으로 경험했다.

'아름답다'라는 순우리말의 어원을 떠올려본다. '아름'은 '나'라는 뜻이라고 한다. 배움을 통해 점점 '나'에게 가까워지고 있었다. 남의 기준에 맞추어 살아가기보다, 나의 기준을 세워가는 과정이었다. 평생 학습과 독서는 죽을 때까지 함께 가야 할 동반자라고 생각한다. 자기계발서와 심리학책을 두루 읽다가, 이제는 인공지능 시대의 맥락을 읽는 독서로 나아가려 노력하고 있다. 배움은 여전히 즐겁다. 나의 또 다른 취미가 됐다. 하지만 가장 중요한 질문은 이것이다. '배움을 내 삶에 얼마나 잘 적용하고 있는가?' 나는 기도한다. 삶의 지혜를 달라고. 흔들릴 때 지혜롭게 해결하고, 감정을 잘 조절할 수 있는 사람으로 살아갈 수 있도록 말이다.

49살에서 50살 세월의 책장이 넘어간다. 성숙한 어른으로 살아가고 싶다. 배움은 끝나지 않았다. 여전히 그 길 위에 서 있다.

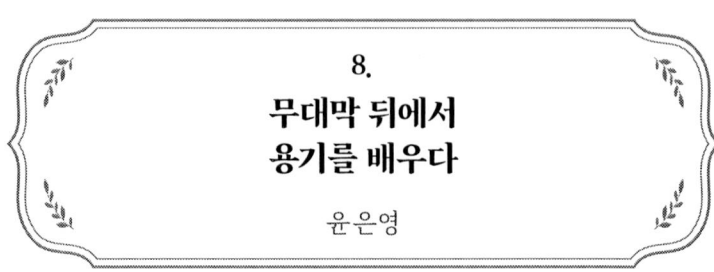

등산과 우표 수집이 삶의 활력과 추억을 주었다면, 인형극은 나에게 용기라는 낯선 감정을 가르쳐주었다. 사실 나는 동화구연을 할 때마다 지독하게 떨었다. 아이들의 순수한 시선이 일제히 쏟아질 때면 숨이 턱 막혔고 실수하면 어쩌나 하는 불안에 심장은 귓가까지 울릴 만큼 세차게 뛰었다. 대사를 잊어 머릿속이 하애지는 날이면 텅 빈 정적이 세상에서 무섭게 느껴지곤 했다. 내가 가진 열정보다 무대 위의 압박감이 더 컸었다.

동극지도자 자격증을 따기 위해 봉사처를 찾던 중 지도 선생님의 소개로 인형극단을 만났다. 처음 본 막대 인형은 신기함 그 자체였다. 서울에서 내려온 선생님의 손끝에서 인형은 살아있는 생명체처럼 걷고 뛰고 웃었다. 그 모습에 저것도 배울 수 있을까 하는 설렘이 피어올랐다. 인형 조작법은 사람이 직접 연기하는 동극과 비슷하면서도 달랐다. 결정적인 차이는 무대막이었다.

무대막 뒤에 몸을 숨기자, 비로소 자유가 찾아왔다. 관객의 시선에서 분리되니 누가 보든 상관없다는 배짱이 생겼다. 하지만 자유에는 책임과 수고가 따랐다. 인형을 어깨높이 위로 계속 들고 있는 일은 생각보다 고된 노동이었다. 연습을 시작한 지 10분만 지나도 팔이 떨리고 어깨가 뻐근했다. 그러나 인형을 잡는 순간만큼은 나를 짓누르던 두려움이 마법처럼 사라졌다.

몸의 고통보다 나를 더 힘들게 한 것이 있었다. 사람과 시간 사이의 갈등이었다. 팀원들과 연습 시간을 맞추다 보면 일정은 자꾸만 오후로 밀려났고, 아이의 하원 시간이 다가올수록 내 마음은 타들어 갔다. 연습이 길어지던 어느 날 더는 늦출 수 없어 조심스럽게 양해를 구했다. 그러나 돌아온 것은 차가운 시선이었다. 봉사도 일의 연장선이니 자리를 뜨면 안 된다는 말에 가슴이 철렁 내려앉았다. 어린이집에 연락도 못 한 채 죄송하다는 말을 뒤로하고 아이를 향해 달려가던 그 길은 가슴이 갑갑했다. 그날 이후 동료들 사이에서 서먹함이 느껴졌지만, 인형극이 주는 해방감을 포기할 수 없었다.

첫 공연은 한글사랑관에서 열렸다. 공연 30분 전, 무대막 뒤에 모인 선생님들과 나는 손바닥에 땀이 났다. 오늘따라 세종대왕 인형이 천근만근 무겁게 느껴졌다. 은영 쌤 괜찮냐고 선생님의 따뜻한 물음에 괜찮다고 대답하며 자신을 다독였다. 숨을 깊이

들이마셨다. 할 수 있어. 나는 지금 내가 아니라 세종대왕이다.

드디어 음악이 흘러나오고 막이 올랐다. 나는 힘차게 세종대왕 인형을 들어 올렸다.

"자, 신하들아, 가나를 따라 해보거라." 이어지는 신하 인형의 "나가" 대답 소리에 아이들의 웃음소리가 들렸다. 세종대왕이 다시 "가나다라", 신하의 대답은 "다나가라" 말하자마자 까르르 웃음소리가 더 커졌다. 무대막 뒤에서 나도 따라 웃었다. 소리가 새 나갈까 봐 손으로 입을 틀어막았지만, 입가에 번진 미소는 멈출 수 없었다. 관객과 나와 인형이 합이 되는 희열이었다. 25분짜리 공연이 마치 5분처럼 눈 깜짝할 새 지나갔다. 무대 너머로 들려오는 "선생님, 진짜 재미있었어요."라는 아이들의 목소리에 가슴이 뜨거워졌다. 인형극은 혼자 만드는 것이 아니었다. 선생님들과 호흡을 맞추며 함께 땀 흘렸던 시간이 모여 만들어졌다. 묵묵히 3년의 기간을 건너낸 끝에, 나는 비로소 봉사자를 넘어 인형극 강사가 되었다.

성장의 기쁨도 잠시, 코로나라는 거대한 벽이 앞을 가로막았다. 도서관 봉사가 중단되고 아이들의 웃음소리도 끊겼다. 우리는 멈추지 않았다. 집 거실 커튼을 무대막 삼아 치고 스마트폰 카메라 앞에서 혼자 목소리를 높이며 영상을 찍었다. 그 막막한 시기에 직접 대본을 쓰기 시작했다. 빈 화면 앞에 앉으면 머릿속이 하얘졌다. 아이들이 화면 너머로도 재미있어할까. 현장의 열기를 어떻게 전달해야 할까? 고민하며 밤을 새웠다. '처음부터 잘하는 사람은 없어요.' 선생님들의 그 따뜻한 한마디가 나를 다시 책상 앞에 앉게 했다.

다시 대면 공연이 열렸을 때, 한 선생님의 가르침이 내 인형극 인생의 전환점이 되었다. "인형은 도구가 아니야. 감정과 생명을 가진 친구지. 은영이가 그렇게 대하면 인형도 응답해 준다." 그 말은 내 가슴 깊은 곳에 울림으로 남았다. 그날 이후 인형을 대하는 마음가짐이 바뀌었다. 가방에서 인형을 꺼낼 때면 '안녕 오늘도 잘 부탁해.'라며 인사를 건넸다. 그 모습을 보고 선생님들은 피식 웃었다.

한 어린이집 공연에서 잊지 못할 일이 있었다. 공연을 마치고 먼저 조명을 빼고 있었다. 각자 보이는 대로 인형과 소품을 정리해야 한다. 선생님이 인형들을 바깥으로 꺼냈다. 아이들의 동심이 깨질까 걱정되어 만류했지만, 이미 늦은 뒤였다. 쓰러진 인형들을 본 아이들이 "인형들이 죽었어요!"라고 외쳤다. 바로 어린이집 선생님이 데리고 나갔지만, 나는 말문이 막혔다. 어른의 눈에는 그저 도구일지 몰라도, 아이들에게 인형은 살아있는 존재였다. 그날 이후 더욱 인형을 조심스럽게 대하기로 마음 먹었다.

인형극을 시작한 지 어느덧 10년이 지났다. 여전히 인형을 꺼낼 때 다정하게 인사를 건넨다. 무대막 뒤에 서면 예전의 떨림 대신 기분 좋은 긴장감이 찾아온다. 나의 꿈은 충북을 넘어 전국의 아이들을 찾아가 웃음을 전하는 인형극 선생님이 되는 것이다. 나는 오늘도 무대막 뒤에서 그 어느 때보다 밝게 빛나는 나 자신을 만난다.

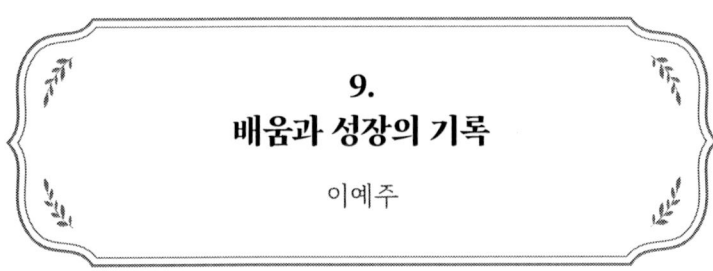

9.
배움과 성장의 기록

이예주

컴퓨터는 인터넷 검색하고, 신문 보고, 맛집 찾기 정도밖에 사용할 줄 몰랐었다. 함께 살던 딸이 결혼해 집 나가고 아들도 독립해 각자 삶을 시작하고 나니, 디지털 기기가 멈추거나 스마트폰이 안 되면 물어볼 사람 없어 답답할 때가 많았다. 온라인 모임이 활발해지면서 줌 강의를 열심히 듣고 다니다가 그때 김종학 대표님이 무료로 진행하는 컴퓨터 스마트폰 활용법 강의를 만나게 되었다. 강의를 열심히 들어도 강의할 때 주는 자료를 활용하는 방법을 몰라 저장만 해 두곤 했다. 자료를 어떻게 꺼내 쓰는지도 몰랐고 컴퓨터에 대해 아는 게 거의 없었다. 조금씩 배우기 시작하니 컴퓨터와 스마트폰이 더 이상 '높은 벽'처럼 느껴지지 않았다. 처음 내 손으로 해결한 날이 생각난다. 저장만 해 두었던 강의 자료를 찾아 열어 보고 폴더 이름을 바꿔보고 사진도

SNS에 올렸다. 누군가에게는 당연한 일이겠지만 그날의 나는 새로운 세상에 들어간 기분이었다. 기계가 어려운 게 아니라 방법을 몰랐던 것뿐이라는 걸 그때 알았다. 대표님 강의는 마치 어두운 곳에 빛이 들어오는 느낌이었다. 대표님은 청주에 사시고 교회 전도사님이었다. 전산 관련학과를 졸업하고 교회 내에서 오랜 기간 방송 업무와 컴퓨터에 관련된 일만 해 오신 컴퓨터 전문가였다. 어렵고 복잡한 앱들을 하나하나 알 때까지 개별적으로 열심히 가르쳐 주었다.

청주와 무극은 한 시간 거리였다. 같은 충청도라고 반갑고 따뜻하게 대해 주어서 대표님의 평생회원이 되었다. 주말엔 평생회원 모임과 강의에 참여하고 매일 아침은 '종이학모닝반'이라는 모임으로 하루 루틴을 시작하며 지금까지 이어오고 있다. 그동안 열심히 배웠던 분 중 강사가 된 분도 있고, 원래 강사였던 분들은 새로운 앱들과 변해가는 SNS 환경을 배우며 자신들의 재능을 발전시키고 있다. 열심히 배운 사람들에게 강사의 길도 열어주었고, 삶에 필요한 지식과 시스템을 꾸준히 반복하며 익히도록 이끌어 주었다.

요즘은 시대 흐름에 맞는 AI 활용법도 많이 배운다. 김종학 대표님의 2080 스마트센터에서 컴퓨터, 스마트폰 활용법을 배울 수 있어 감사하다. 안 되는 문제를 바로 해결해 주고, 말로 설명해도 이해가 어려우면 원격 프로그램으로 시스템을 직접 점검해 준다. 컴퓨터 멘토이신 김종학 대표님은 평생 감사해야 할 고마운 분이다. 배우고 사용하지 않아 잊어버리고 다시 배우기를 반복하면서 블로그, 인스타, 티스토리, 유튜브가 보기만 하는 것에서 끝나지 않고 나도 생산자가 될 수 있다는 믿음으로 바뀌었다. 매일 실습하며 그 길을 갈 수 있는 방법도 알게 되었다. 디지털을 배우기 전에는 가게 홍보를 하려고 해도 어떻게 해야 할지 막막했다. 전단지를 돌리거나 입소문에 의지하는 게 전부였다. 가게를 운영하면서 배움은 곧 생존이기도 했다. 손님이 오기를 기다리는 장사에서 내가 먼저 손님에게 다가가는 장사로 바뀌는 시대였다.

네이버 플레이스 사진 한 장 블로그 글 한 편이 가게의 얼굴이 되고 후기 하나가 신뢰가 되는 걸 보며 세상이 변했음을 실감했다. 그래서 더 배우고 싶었고 배우는 만큼 내 가게도, 내 삶도 조금씩 나아지는 느낌을 받았다. 지금은 블로그나 인스타 유튜브 등을 통해 홍보할 수 있다는 것을 알고 네이버 플레이스 등록도 배우며 SNS 홍보가 대세인 시대에 살고 있다는 사실을 체감한다. 크게 달라진 점은 소통의 폭이 넓어졌다는 것이다. 전국 각지의 사람들과 온라인에서 이야기를 나누며 연결된다. 또한 새로운 앱이 나와도 겁내지 않게 됐다. 모르면 배우고 실수하면 다시 하면 된다. AI도 처음엔 어려웠지만 하나의 비서처럼 곁에서 돕는 도구가 되고 있다. 검색을 넘어 간단한 문구를 만들거나 이미지 활용을 할 때 특히 큰 힘이 된다. 무엇보다 큰 변화는 내면의 변화다. 배움에는 나이가 없고 변화는 언제든 가능하다는 것을 몸소 체험했다. 60대에 새로운 기술을 배우고 활용하는 내 모습이 자랑스럽다. 디지털 세상이 두렵고 낯선 것이 아니라 나를 성장시키는 배움터가 되었다. 모든 일에는 나의 노력이 들어가야 한다. 다만 아쉬움도 있다. 장사하느라 바빠 배운 것을 충분히 활용하지 못했다. 복습을 미루면 금방 멀어지고 의욕이 꺾이고 나태함이 찾아오기도 했다.

가게에서 온종일 일한다. 건강 생각하면 운동도 해야 한다. 마음을 붙잡으려면 독서도 필요하다. 글까지 쓰려면 더더욱 그렇다. 그런데 하루가 끝나면 몸이 먼저 주저앉는다. 오늘은 쉬고 내일 하자는 말이 자주 나온다. 복습을 미루면 금방 까먹는다는 걸 알면서도 현실에 밀릴 때가 많았다. 때로는 취미가 아니라 숙제처럼 느껴지기도 했다. 해야 하는데 못 했다는 마음이 쌓이면 즐거워야 할 일이 스트레스로 바뀐다. 그때 나는 나를 다그치기보다, 나의 하루가 얼마나 빡빡한지부터 인정하기로 했다. 못 하면 다시 하면 된다. 조금씩 해도 된다. 그 말을 나에게 먼저 해주고 싶었다.

남편과 같은 공간에서 일한 지 벌써 10년이 되었다. 한 공간에서 오래 일하면 마음의 간격도 좁아지는 줄 알았는데 오히려 부딪힐 일이 많았다. 배움이나 새로운 시도에 관심이 적은 배우자와 함께 일하면서, 나만의 시간을 만드는 일은 생각보다 어렵다. 마음먹은 대로 되지 않는 날들이 고되고 힘겨웠다. 그래도 긴 시간을 지나오며 우리는 서로에게 조금 더 관대해졌다. 이제는 앞으로의 시간을 나를 더 아끼고 사랑하는 방향으로 쓰고 싶다. 일만 하는 내가 아니라 배우고 성장하는 나로 살고 싶다. 인생은 한번 멈추면 끝나는 길이 아니라, 바퀴를 바꿔 다시 달릴 수 있는 길이라고 믿는다. 인생 2막 3막이 필요한 시대다. 내 몸의 한계를 인정하고 건강을 챙기며 일과 취미를 조화롭게 해보고 싶다. 돈이나 물질이 있어도 건강을 잃으면 아무것도 할 수 없다는 걸 점점 더 실감한다. 자식들은 각자의 삶으로 떠났고, 이제 내 옆에는 남편이 남았다. 그래서 늦기 전에 우리 둘의 시간을 다시 만들고 싶다. 산티아고의 순례길도 좋고 우리나라의 아름다운 둘레길도 좋다. 멀리 가는 것이 목표가 아니다. 천천히 걷는 동안 내가 나를 다시 만나는 시간이었으면 한다. 이제는 일이 남긴 시간이 아니라 내가 나에게 주는 시간을 조금씩 늘려가고 싶다.

배움은 결국 기술이 아니라 나를 믿는 연습이었다. 언제쯤 내 진짜 모습을 찾을 수 있을까? 구속받지 않고 온전히 나를 위한 시간을 보내는 삶, 그것이 지금 내가 꿈꾸는 미래다. 지금까지 한 걸음씩 걸어온 것처럼 앞으로도 내 바람은 하나씩 이루어질 것이다. 오랜 세월 변함없이 '해찬솔'을 찾아주시는 단골손님들 잊지 않겠다. 진심으로 감사드린다.

4장

취미 너머의 세계,
나의 브랜드가 되어 빛나다

1.
우물 안에서 하늘을 보다

정영미

오십 년 넘게 청주에서만 살겠다고 마음먹고 살아왔다. 여행도 즐기지 않았고, 새로운 사람을 만나는 일도 좋아하지 않았다. 익숙한 공간과 당연한 일상이 나를 안전하게 지켜준다고 믿었다. 세상은 넓다고들 했지만, 굳이 그 넓음을 확인하지 않아도 괜찮다고 생각했다. 사람들이 해외여행 다녀왔다고 해도 부럽지 않았다. 좋은 것을 모르기에 부러움조차 없이 살아온 셈이다. 집에 오면 손에는 늘 핸드폰이 있었다. SNS를 보며 '좋아요'를 누르고, 손에 쥐가 날 정도로 게임을 하다가 혈관이 막힌 줄 알고 약까지 사 먹은 적도 있다. 문제는 중독이었다. 핸드폰이 특별히 재미있어서라기보다, 할 일이 없고 분명한 목표가 없었기에 반복하던 행동이었다. 시간이 조금이라도 나면 '한 편만 봐야지' 하며 넷플릭스 켰고, 드라마를 멈추지 않고 이어봤다. 쉬는 것 같았지만 머릿속은 비워지지 않았고, 마음도 가벼워지지 않았다.

　오십 대 중반이 되자, 마음이 조금 달라졌다. 20년 넘게 유치원과 초등학교에서 수업해 온 동화연극놀이와 인형활용 수업을 기록하고 싶어졌다. 아이들과 웃고 움직이며 쌓아온 시간을 교재로 만들어야겠다는 생각했다. 마침, 이선희 작가가 해냄 글쓰기 클래스를 권해주셨다. 바쁜 일정이 마무리된 2024년 12월, 해냄 글쓰기 클래스에 입과했다. 글쓰기에 등록한 목적은 교재 집필이었다. 그런데 수업에서는 에세이를 먼저 쓰라고 했다.

　"내 삶을 먼저 쓰세요."

　'동화연극놀이 교재 쓰러 왔는데'하는 생각이 스쳤지만, 해보자는 마음으로 에세이를 쓰기 시작했다. 글을 쓰려면 책도 읽어야 한다고 했다. 노안을 핑계로 책을 멀리하던 터라 부담이 컸다. 책을 펼치면 글자가 겹쳐 보였고, 금세 졸음이 쏟아졌다. 그래도 오프라인 독서 모임에 참여했다. 처음엔 책을 억지로 읽었다. 읽어도 읽은 것 같지 않았다. 하얀 건 종이, 까만 건 글자였다. 머릿속은 콩나물시루 같았다. 분명히 읽었는데 머릿속에 남는 건 없었다. 그래서 생각을 바꿨다. 한 권에서 메시지 하나만 건지자고. 쉬운 책부터, 추천받은 책부터 읽었다. 노안을 인정하고 노안 안경도 맞췄다. 처음엔 어색했지만, 점점 글자가 선명하게 들어왔다. 어느덧 일 년 동안 서른 권을 읽었다. 『1천 권 독서법』을 읽으면서 독서가 삶 속으로 스며들기 시작했다. 하루이틀, 또 하루가 쌓이자, 초보 독서가는 다음 책이 궁금해졌다. 새로운 문장이 기다려졌다. 책의 언어가 조금씩 내 안에 쌓이기 시작했다. 독서는 '하면 좋은' 일이 아니라 '해야 하는' 일이었다.

말하는 일에는 자신이 있었다. 하루에 열 타임 수업도 거뜬히 해내며 말하는 강사가 천직이라 여겼다. 그런데 막상 글을 쓰려니 열 줄도 채 써지지 않았다. "말하듯 쓰라."라는 말이 가장 어려웠다. 그래서 전략을 바꿨다. 잘 쓰려고 하지 말고, 그냥 써보자고. 해냄 글쓰기 클래스에서 템플릿 글쓰기와 책 쓰기를 위한 글쓰기를 배우며 어설픈 글을 썼다. 잘 쓰고 싶어서가 아니라, 배운 걸 해보자는 마음이었다. 말은 줄이고 하루에 몇 줄이라도 써보자고 마음먹고 블로그에 첫 글을 올렸다. 짧은 문장으로 쓴 글은 서툴고 어색했다.

"글이 너무 짧아요. 누구한테 말하는 건지 모르겠어요."

피드백을 들으며 '초보니까 그렇지'하고 다시 썼다. 30일 글쓰기 챌린지, 15일 15분 글쓰기, 17일 17분 글쓰기를 이어갔다. 처음 30일 글쓰기 챌린지를 시작할 때 '30일 동안 하루도 빠지지 말고 글을 쓰자'라는 마음을 먹고 시작했다. 대만 자유여행 중에도 글을 썼다. 숙소를 찾지 못해 밤늦게 도착한 날, 쏟아지는 졸음을 참으며 블로그에 글을 올렸다. 하루도 빠지지 말자는 약속이 있었기에 가능했다. 여행 중에도, 공연을 보고 나서도, 수업을 마친 뒤에도 글을 썼다. 글은 일상의 장면들을 불러왔다. 시어머니를 바라보는 마음, 오랜만에 온 사위에게 싸 준 싱거운 김밥, 공연 관람 후 남은 감정, 아이들과의 수업 장면들. 글 한 편이 쌓일 때마다 작은 벽돌을 올리는 기분이 들었다. 1년이 지나 블로그에는 300편이 넘는 글이 쌓였다.

이선희 작가의 온라인 북 특강에 참여했다. 오프라인에서 들었지만 다시 온라인으로 접속했다. 화면 속에는 전국 각지에서 모인 사람들이 있었다. 청주 안에서만 살던 나에게는 신선한 자극이었다. 특강 리뷰를 쓰고 김형환 대표의 『죽어도 사장이 되어라』 책을 선물 받았다. 이어 김형환 교수의 아침 독서 모임에도 참여했다. 모두가 자기 삶을 주도하며 살아가고 있었다.

두 번의 독서 모임 후, 김형환 교수와 줌으로 상담하게 되었다.

"사장님은 닭장에 사는 독수리입니다. 문을 열어줘도 나가지 않고 모이만 받아먹고 살고 있어요."

그 말을 듣는 순간 머리가 멍해졌다. '내가 독수리라고?' 한 달 무료 컨설팅 제안을 받고 반신반의하며 시작했다. 네이버에 1인 기업 카페를 만들고 주 1회 통화를 이어갔다. 생각보다 재미있었다. 정식으로 등록했고 끝까지 해보기로 했다. 멀리까지 날 수는 없어도, 청주 하늘은 날아보고 싶어졌다. 1인기업 CEO 과정을 통해 알게 되었다. 세상은 내가 생각한 것보다 훨씬 빠르게 변하고 있었다. 다섯 달 동안 1인기업 CEO, 콘텐츠 크리에이터 코칭 스쿨, 1인기업 경영 프로 CEO 과정을 수료했다. 5년 후 말년 할머니 인형과 함께 웃음과 메시지를 전하는 강사가 되고 싶다는 비전이 생겼다. 4050 주부들이 자기 주도적인 삶을 살도록 돕고 싶다는 사명도 생겼다. 매주 일요일 저녁 9시 '도전하는 엄마들 독서 모임'을 운영하며 혼자가 아닌 함께 성장을 선택했다.

어떻게 사는 게 정답인지는 여전히 모르겠다. 하지만 예전처럼 우물 안에만 머물고 싶지는 않다. 세상을 한 번 구경한 뒤, 다시 우물을 선택해도 괜찮으니까.

오늘도 책 한 장을 넘기고, 글 몇 줄을 쓴다. 작은 습관들이 모여 또 다른 나를 만들어 간다. 독서와 글쓰기를 통한 배움은 태도를 바꾸는 일이었다. 모르던 것을 아는 기쁨, 할 수 없을 것 같던 일을 해내는 경험 속에서 나는 성장 중이다. 배움은 방향을 안내해 준다. 노년의 삶을 위해, 조금 더 나아가기 위해 오늘도 배움을 이어간다.

2.
작가 그리고 신입 간호사 멘토까지

이은진

해넘 글쓰기 코치 이선희 선생님을 만난 이후 인생을 바라보는 시야가 달라졌다. 막연히 마음속 깊은 곳에 묻어두었던 '언젠가는 책을 쓰고 싶다'라는 바람이 현실적인 목표로 모습을 드러내기 시작했다. 글쓰기는 재능의 문제가 아니라 삶을 정리하고 방향을 세우는 도구라는 선생님의 말씀은 내가 살아온 시간을 다시 돌아보게 했다. 책 쓰기를 향한 첫 발돋움이 시작되었다. 2025년 4월 1인기업에서 이선희 선생님의 『마흔에 꽃피운 삶을 고백합니다』 북 특강 응원을 위해 참여했다. 1인기업 국민 멘토로 불리는 김형환 교수님의 무료 멘토링 상담 신청을 했다. 멘토링 상담하면서 내가 걸어온 길과 앞으로 걸어갈 길에 분명한 비전과 사명을 부여받았다. 지금의 나를 더 단단하게 붙잡아 주는 기준점이 되었다.

글을 쓰는 동안 내가 얼마나 많은 삶의 기쁨과 고통을 겪어 왔는지 알 수 있었다. 내가 스치듯 지난 경험들이 누군가에게 도움이 될 수 있다는 사실을 새삼 깨닫는다. 간호사라는 직업은 현장 중심이다. 환자의 상태를 살피고, 가족의 마음을 다독이고, 동료에게 필요한 것을 미리 알려주는 감각. 늘 움직이고 대응하는 삶 속에서 나는 늘 기록하는 사람이었다. 그런데 그 기록이 어느 순간 나만을 위한 기록이 아니라, 후배를 위한 안내서가 되고, 누군가의 불안을 덜어주는 글이 되고, 비슷한 길을 걷는 사람에게 필요한 메시지가 되고 있었다.

글을 쓰고 싶다는 마음만 있을 뿐 처음부터 글을 써야지 하는 건 아니었다. 시간이 흐르며 나의 일은 변했고, 역할도 달라졌다. 신규 간호사였던 시절엔 매일 쫓기듯 하루를 버티느라 숨 고를 틈조차 없었다. 기록은 사치처럼 느껴질 만큼 여유와는 거리가 먼 하루를 반복하고 있었다. 감정이 한계에 다다라 분노를 주체하지 못할 때 싸이월드 다이어리에 분노의 글을 적었었다. 타이핑하며 옮겨 적는 문장은 격해진 마음을 그대로 흘려보내는 통로가 되었다. 기록은 터져 나올 듯한 화를 삼키는 가장 조용하고도 단순한 방식의 진정제가 되어 주었다. 화를 삭이기 위해 적어 내려간 감정 일기는 어느 순간 나를 넘어, 임상의 현장을 기록하고 싶은 마음으로 확장되었다. 환자와 마주한 순간들, 판단의

갈림길에 섰던 시간 앞에 말로는 남기지 못했던 간호의 맥락을 기록으로 남기고 싶었지만, 숨 돌릴 틈 없는 일상 앞에서 그런 기대는 생각으로만 머물러 있었다.

1인기업 CEO 수업과 글쓰기 수업을 수강하며, 더는 미룰 수 없다는 마음으로 하루의 조각들을 하나씩 기록하기 시작했다. 병원 간호사는 사회적 의미와는 달리 개인의 직업 만족도는 높지 않은 편이다. 10년 이상 임상 경력을 유지하는 간호사가 병동마다 열네 명 중 세 명에 불과하다. 그들조차 여전히 퇴사를 고민하는 상황 속에서, 간호 현장에 대한 피로와 긴장은 결국 환자와 보호자에게 쏟아지는 불만으로 되돌아올 수밖에 없다. 이런 구조적인 현실을 마주하며, 나는 간호사들이 자기 일을 스스로 존중하고 직업적 자존감을 회복하길 바라는 마음을 품게 되었다. 곁에서 그 길을 함께 밝혀주는 멘토가 되고 싶었다.

후배 간호사의 질문 하나에 "아직도 모르니?"보다는 "나도 저랬었지."를 생각하게 되었다. 후배를 돕고 싶다는 마음이 싹트기 시작했다. 나의 임상 경력은 종합병원 내과 8년 3개월, 대학병원 신경외과 병동 2년, 그리고 다시 종합병원 신경과 병동 4년이다. 근무 여정은 단순한 경력만은 아니었다. 사람과 삶을 배우는 과정이었다. 환자의 통증과 가족의 마음이 나의 야간 근무와 피로가 혼자 버티던 날들의 모든 경험이라는 글감이 되어 내 안에 쌓였다.

　시간이 흘러 선배 간호사가 되고, 새로 입사하는 신규 간호사들의 프리셉터가 되었다. 처음에는 단순히 해야 하는 일 위주로 기술과 지식을 전달하는 수준이었다. 세월이 지나 후배들에게 전반적인 흐름과 맥락을 이해시키는 데까지 교육의 범위를 확장했다. 엑셀로 교육계획서를 나만의 양식으로 만들어 세 달의 교육 기간 동안 성장할 수 있도록 교육했다. 각 과정의 목적과 연계성을 설명하며, 후배가 스스로 상황을 판단하고 대응할 수 있도록 지도하는 방식으로 나아갔다. 프리셉터를 하면서 후배들에게 기술과 지식을 알려주는 게 아니라 견디는 법, 배우는 법, 성장하는 법을 알려주어야 한다는 걸 깨달았다. 그때부터 마음속으로 글을 쓰기 시작했던 것 같다. 후배들이 길을 잃지 않도록 내가 지나온 길을 기록해 두어야겠다고.

　간호사의 경력은 단순한 직업의 연속이 아니라 삶을 다루는 법을 배운 시간이었다. 그 시간은 절대 사라지지 않는다. 병원 안에서든, 병원 밖에서든, 후배를 가르치든, 책을 쓰든, 1인기업을 준비하든 모든 선택의 중심에는 한 가지가 있다. 내가 지나온 길은 누군가에게 길이 될 수 있다. 내가 지금 글을 쓰는 이유이자 앞으로 나아갈 제2의 인생을 지탱하는 힘이다. 나의 경험은 나만의 것이 아니다. 누군가는 나보다 몇 년 뒤에 서 있을 것이고, 나와 같은 고민을 할 것이고, 같은 좌절도 겪을 것이다. 그때 내가 쓴 문장이, 내가 만든 프로그램이, 내가 남긴 책 한 권이 "괜찮아, 너도 할 수 있어"라는 메시지가 된다면, 그것만으로도 나는 충분히 누군가를 돕는 일이다.

지금 나는 글로 나를 확장하고, 경험을 콘텐츠로 바꾸고, 후배를 돕는 길을 만들어 가고 있다. 그 길 위에서 나는 더 많은 간호사가 병원 안과 밖의 세상에서 오롯이 자기 길을 찾길 바란다. 그 여정에 내가 함께할 수 있다면, 그것이 내 인생의 또 다른 창조가 된다.

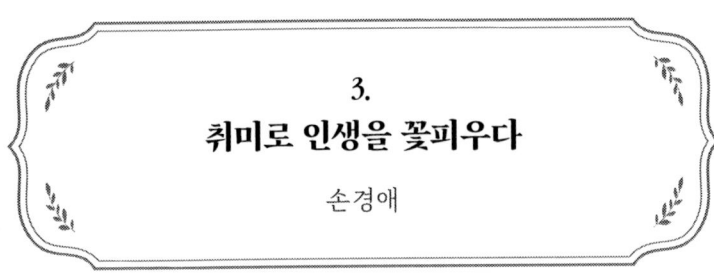

3.
취미로 인생을 꽃피우다

손경애

어려서부터 나는 책 읽기를 좋아했다. 책이든 신문이든 한번 읽으면 완독했다. 낮과 밤을 가리지 않고 책이 손에 잡히면 읽었다. 도대체 커서 뭐가 되려고 글만 읽냐고 어머니께 꾸중도 많이 들었지만. 그때는 그렇게 책을 좋아했고 독서 삼매경에 빠졌다.

열네 살에 아버지께서 돌아가시면서 어머님께서 가장이 되셨다. 난 중학교는 갈 생각도 못 했다. 네 명의 동생들을 돌보며 힘든 사춘기를 보냈다. 아버지께서 돌아가실 때 막냇동생은 태어난 지 10개월이었다. 어머니께서는 시골 온 마을로 행상 다니셨기에 동생들은 내가 돌봐 주어야 했다. 참참이 중학교를 졸업한 친구들의 책을 빌려서 독학으로 공부했다. 모르는 것이 있으면 이웃집 한 살 위인 친구 같은 언니에게 물어보면서 공부했다. 앞으로 무엇이 될까? 걱정하며 청소년기는 힘들게 보냈다. 우리 가족은 끼니와 땔나무를 걱정하며 살았다. 남동생과 함께 산에 가서 나무도 했다.

1974년 남편과 결혼식을 올렸다. 사랑만 있으면 어떤 어려움도 헤쳐 나갈 수 있다고 생각하며 엄마의 반대에도 결혼했다. 그러나 막상 현실은 내가 생각했던 결혼이 아니었다. 없는 집의 맏며느리로 들어간 시댁에는 시어머니와 네 명의 시누이들과 시동생이 있어서 한가하게 책을 읽을 수도 없었다. 아니, 책을 읽을 마음의 여유가 전혀 없었다. 결혼 생활은 힘들고 지치는 날의 연속이었다.

1974년 큰딸이 태어났다. 1975년 남편은 취직이 되어 천안 동면에서 청주로 이사를 했다. 1976년 둘째 딸이 태어났다. 살림은 나아지지 않았다. 남편은 1979년 회사를 그만두고 장사를 시작했다. 그해 12월에 아들이 태어났고, 장사는 아주 잘되었다. 그런데 집주인이 자기가 하겠다고 가게를 비워 달라고 했다. 다른 곳으로 가게를 옮겼다. 장사는 잘되지 않았다, 그리고 다시 생활이 어려워졌다. 남편은 지방 건설 현장으로 가고 아이들하고 나만 남았다. 힘들었던 생활에 결국 나도 직장 생활을 하게 되었다.

1983년 12월 한국도자기라는 회사에 생산직으로 입사했다. 세 아이의 엄마로서 아이들을 책임지며 가장 역할까지 해내는 억척스러운 엄마가 되어야 했다. 회사에 입사 후 분임 조장을 맡으면서 개선안도 많이 냈다. 연구하며 품질 개선을 시도해서 24년 근무하며 사장님께 모범 사원상을 13번 수상했다. 낮과 밤을 가리지 않고 하루 열두 시간을 회사에서 보냈다. 아침 일곱 시 출근하면 저녁 10시에 퇴근해서 집으로 돌아왔고, 세 아이의 엄마와 가정주부로 집안일이 쌓여있어 금방 잠을 잘 수가 없었다. 그렇게 회사 생활을 하면서 우리 집은 경제가 점점 나아져 아이들을 대학까지 보낼 수 있었다. 시댁의 부채도 다 갚게 되었다. 그리고 평생소원이던 아파트도 분양받아 내 집이 생겼다. 처음 아파트 입주한 날은 너무 좋아서 울기까지 했다. 정년퇴직할 나이가 가까워지면서 생각이 많았다.

나가서 무엇을 해야 할까. 가정 형편상 멈출 수는 없었고 다른 선배와 동료들은 회사를 그만둔 후에도 다른 회사에 재취업을 하든지 아파트 청소를 한다고 했다. 생각 끝에 난 결심했다. 공부하고 싶은 마음이 간절해졌다. 아버지가 일찍 돌아가시면서 그렇게 좋아하던 배움을 계속하지 못한 아쉬움이 언제나 마음 한편에 자리 잡고 있었다. 공부를 시작해 보자는 마음을 먹은 후 검정고시 학원에 등록했다. 내 나이 55세인 2005년 4월에 고입 검정고시에 합격하였으며, 그해 8월에 대입 검정고시에 합격하게 되었다. 주변 사람들은 그 나이에 한 번에 합격하느냐고 놀라워했다. 2006년 충청대학교 야간대학에 입학했다. 회사 생활과 학교 생활을 병행하다 보니 하루 3시간씩 잠을 자게 되었고 젊은 친구들과 어울리며 늦깎이 대학교 생활을 즐겼다. 나에게 이런 날이 오리라고는 꿈에도 생각하지 못했다. 그저 꿈만 같았다. 간호조무사 자격증과 보육교사 자격증, 그리고 요양보호사 자격증 등 많은 자격증을 취득했다. 열심히 학교생활을 하다 보니 충청 대학 사회복지 학과 학과장님께서 석사 학위를 받으면 강의도 할 수 있을 거라고 조언해 주셨다.

2009년 대전대학교 대학원에 진학했다. 좋은 일이 있으면 나쁜 일이 생긴다는 호사다마라는 말이 있듯이, 2011년 4월에 남편에게 백혈병이 생겼다. 흐르는 눈물을 참으며 내가 쓰러지면 모든 것이 끝이 난다는 생각으로 낮에는 한의원에서 근무했고, 밤에는 대학원과 남편의 병원에서 잠을 잤다. 그렇게 공부를 계속하며 배움의 끈을 놓지 않으려고 노력했다. 힘들게 병마와 싸우는 남편을 두고 말이다. 대학원에서 수업이 끝나고 밤 12시 병원에 와서 쪽잠을 잔 후 집으로 돌아와 남편의 식사 준비를 했다. 백혈병 환자는 멸균식을 해야 하는데 병원 밥은 맛이 없다고 먹지를 않아서 집에서 멸균식을 준비해 병원에 가서 남편 식사를 도와준 후 다시 집으로 돌아왔다. 그렇게 생활하다 보니 내 몸은 지치고 힘든 상태였다. 그 이상은 무리다 싶어 한의원을 그만두고 잠시 요양보호사 일을 하며 남편의 간병을 했다.

요양보호사는 근무시간이 짧아 수입이 많지가 않았다. 나는 청주시 심성 계발 훈련 과정을 이수했다. 청주 시내 중학교에서 아이들 상담하는 봉사를 하며 충청북도 종합 사회복지센터에서 실시하는 노인 학대 및 노인 인권과 노인 자살 예방 교육 등 응급 조치 교육을 받고 충청북도 노인 종합 복지관에서 어르신들 상담 봉사활동도 하였다. 적은 수입은 나를 또 힘들게 하였다. 그래서 요양보호사를 그만두었다. 취업을 다시 해야 하는데 몸도 마음도 쉽지 않았다. 학교 친구들이 고맙게도 나의 취업을 열심히 알아봐 주었다. 대학 친구의 소개로 증평에 있는 어린이집 보육교사로 취직하였다. 어린이집 출근을 하면서 나이 많은 할머니 선생님이 되어 젊은 선생님들과 지내면서 많은 위로도 받았고 지금도 서로 연락하며 지내고 있다. 그렇게 할머니 선생님이 되었으며 최선을 다해서 아이들을 돌보며 열심히 살았다.

2014년 남편은 세상을 떠났고 나는 증평에 있는 어린이집에 보육교사로 계속 근무했다. 2017년 9월 천안에서 직장을 다니던 아들이 새 아파트 입주를 하게 되어 천안으로 이사를 했다. 아파트가 새로 조성된 곳이라 학교 건립이 안 되어 손자와 며느리가 이사를 올 수 없어 내가 가서 아들 밥을 해주기로 하고 갔다. 1년만 있다가 청주로 온다고 했는데 천안에서 직장을 갖게 되면서 금방 청주로 올 수가 없었다. 천안에서는 나이가 많아 보육교사는 할 수 없었고. 7년을 천안시 건강 가정 지원 센터에서 근무했다. 그 아이 돌봄 활동으로 2020년 12월에 천안시에서 주관하는 아이 돌봄이 수기 공모에 장려상을 받았고, 2024년에는 여성가족부에서 주관하는 아이 돌봄이 수기 공모전에서 장관상으로 장려상을 받았다. 2021년 11월 교육부에서 주관하는 대한민국 평생 학습 대상에서 그동안 배움을 계속 이어나갔던 이야기를 공모해 우수상으로 입상하기도 했다.

책과 글쓰기를 좋아했기에 공장에서 일하는 아줌마로 끝났을지 모를 내가 현재의 손경애로 인생의 꽃을 활짝 피웠다고 생각한다. 힘든 생활 속에서도 책을 놓지 않았으므로 좋은 결과를 맺은 것 같다. 나에게 그동안 최선을 다했고 정말 열심히 잘 살았다고 등을 토닥여 주고 싶다.

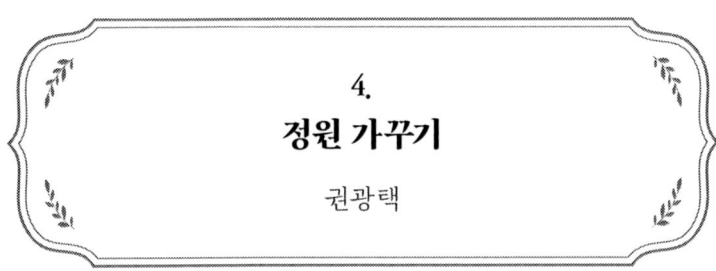

4.
정원 가꾸기

권광택

전원주택 건축이 끝나고 자연스럽게 정원을 만들고 싶었다. 전문 지식은 없었지만 '하면 되겠지'라는 마음으로 시작했다. 여러 전원주택을 찾아다니며 구경하기도 했다. 145제곱미터 건물 앞마당에 잔디를 깔고 화단을 만들었다. 1,300제곱미터 농지에는 삼단 연못을 조성해 연꽃을 심었고, 뒤편 경사지 500제곱미터는 계단식으로 정리해 잔디를 입혔다. 하우스 안에서 꽃씨 받아도 시도했다. 원예용 모판흙과 모종 트레이를 준비하고 열심히 물을 주며 싹이 트기만을 기다렸다. 그러나 발아율은 15%도 채 되지 않았다. 문제는 기본을 몰랐다는 것이다. 씨앗마다 발아 조건이 다르다는 것, 어떤 꽃이 어느 계절에 피는지조차 알지 못했다. 화단도 마찬가지였다. 시장에서 마음에 드는 꽃을 사다 심었지만, 절기별 개화 시기를 고려하지 못했다. 그때 깨달았다. 정원도 건물처럼 체계적인 계획과 전문가의 조언이 필요하다는 것을. 이것은 단순히 몇 송이의 꽃을 심는 일이 아니었다.

아내와 함께 한국 민간 정원협회의 가든 매니저(Garden Manager) 과정에 등록했다. 2025년 3월, 천안 화수목 정원에서 30명의 동기와 함께 6개월 여정을 시작했다. 88시간 동안 이론과 탐방, 실습을 거치며 정말 많은 것을 배웠다. 화초류만 해도 방대했다. 사용 용도에 따라 절화(cutting), 화단용(bedding), 분화용(pop)으로 나뉘고, 파종 시기도 봄과 가을로 구분해야 하고, 색상과 관상 부위에 따른 분류도 많았다. 가장 실용적이었던 것은 월별 개화 시기였다. 화단 조성 시 계절별 다채로운 꽃을 감상하기 위해서다. 몇 가지 예를 들면, 3월에는 팬지, 프리뮬라, 데이지가 피어난다. 4월에는 금잔화, 꽃양귀비, 피튜니아가, 5월에는 메리골드, 베고니아, 제라늄이 뒤를 잇는다. 6월부터 칸나, 맨드라미, 샐비어가 시작된다. 7월에는 라벤더와 누두베키아가, 8월에는 천일홍과 코리우스가 절정을 이룬다. 9월에는 국화와 백일홍이, 10월에는 코스모스가 만발한다. 11월까지 꽃양배추와 비올라가 정원을 지킨다.

화단을 만들 때는 기본 원칙이 있다. 먼저 주제와 이미지를 명확히 정한다. 장소는 햇볕이 잘 들고 배수가 원활한 곳을 선택한다. 예산과 관리 능력에 맞춰 규모를 정하고, 계절별 로테이션을 고려해 연중 아름다운 정원을 유지한다. 정원수와 화초류, 자연석의 조화로운 배치도 중요하다. 당연해 보이지만 실제로는 전혀 몰랐던 내용이었다. 정원 조명도 새롭게 알게 된 분야이다. 생활방식이 변하면서 저녁에도 정원을 즐기는 시간이 늘었다. 투사등, 잔디 등, 데크 등, 땅속 등, 수중 등, 장식 등, 태양광 등, 하디스 케이프 등, 벽부등, 라인 등의 다양한 조명을 적재적소에 배치하면 밤에도 아름다운 정원이 된다.

교육받으며 가장 감명 깊게 느낀 것은 정원이 여러 기능과 단순한 취미를 넘어, 치유 산업의 한 분야로 자리 잡고 있다는 점이다. 질병 예방, 신체적·정신적 건강 회복, 삶의 질 향상에 실제로 도움이 된다는 것. 우울감이나 스트레스가 많은 시대에 정원과 식물이 면역력 증진에도 이바지한다니, 내가 하는 일이 나만을 위한 것이 아니라는 생각이 들었다. 최근에는 키친 가든, 즉 식용 정원도 주목받고 있다. 채소와 함께 관상용 다년생 식물과 관목을 심어 색상, 질감, 형태의 조화를 이루는 '에디멘탈 가든 (edimental garden)'이다. 보는 즐거움과 건강한 먹거리를 동시에 얻을 수 있는 방식이다.

6개월 과정을 마치고 아내와 나란히 정원 관리사 자격증을 받았다. 올해에는 지난해에 배운 것을 바탕으로 제대로 된 정원을 설계할 계획이다. 3월부터 11월까지 매달 다른 꽃이 피어나는 정원, 햇빛과 그늘을 고려한 식재, 밤에도 빛나는 조명까지. 이제 직접 설계할 수 있다. 정원에 관심을 가지고 시작을 하려는 분들이 있다면 나의 경험이 참고 되었으면 좋겠다. 작게 시작하자. 처음부터 크게 벌이면 나처럼 시행착오를 겪는다. 작은 화단 하나, 화분 몇 개로도 충분하다. 베란다 한 칸도 좋은 출발점이다. 꽃이 안 피면 왜 안 피는지 알게 되고, 잘 자라면 그 이유가 무엇인지 깨닫게 된다. 제대로 배우자. 유튜브나 책도 좋지만, 가능하면 체계적인 교육 과정을 추천한다. 가든 매니저(Garden Manager) 과정도 좋고, 지역 농업기술센터의 무료 강좌도 많다. 식물원이나 수목원 프로그램도 찾아보면 좋다.

하나에 집중하자. 모든 식물을 다 키울 필요 없다. 장미가 좋으면 장미만, 허브가 좋으면 허브만 깊이 파보자. 하나를 제대로 알면 다른 것도 쉬워진다. 꾸준히 하자. 한두 달 하다 그만두면 아무것도 얻지 못한다. 계절이 한 바퀴 돌고, 일 년이 지나야 진정한 재미를 알게 된다. 치유의 힘을 믿자. 흙을 만지고, 물을 주고, 꽃이 피기를 기다리는 시간이 마음을 치유한다. 스트레스받을 때 정원에 나가면 신기하게 마음이 편해진다. 이것이 나의 경험으로 얻은 지혜이다.

정원 가꾸기는 나에게 단순한 취미를 넘어 삶을 완성하는 과정이 되어가고 있다. 도시에서 지친 나를 치유하고, 새로운 것을 배우게 하고, 아내와 함께할 공동의 관심사를 만들어 주었다. 실패를 통해 겸손을 배우고, 배움을 통해 전문성을 넓혀가고 있다. 화분 하나 사서 좋아하는 꽃 하나 심어보는 것부터 시작해 보자. 물 주면서 말을 걸어보고, 새싹이 나오는지 매일 들여다보자. 꽃이 피면 사진 찍어 자랑도 하자. 그렇게 하루하루 쌓이다 보면, 어느새 정원 가꾸기가 삶의 일부가 되고, 자신을 표현하는 방식이 될 것이다.

5.
일상을 넘어 브랜드로
- 꾸준함이 나를 브랜드로 만들다

하주언

설계사가 되고부터 하루를 전화로 시작한다. 출근하면서 안부를 묻고, 건강을 확인하고, 작은 소식 하나라도 전했다. 짧은 대화라도 하려고 했다. 대단한 멘트를 준비한 것이 아니라 "요즘 잘 지내세요?" 이 한 문장을 꾸준히 건넸을 뿐이었다. 처음에는 아무 의미 없는 일처럼 보였다. 시간이 지나고 보니, 고객들은 그 한 문장을 "하주언이라는 사람의 성실함"으로 기억해 주었다. 그리고 그 성실함이 나의 브랜드 첫 번째 기둥이 되었다. 안부가 아니라 사람으로 남았다. 나중에 고객이 먼저 연락주는 것에 고맙다고 말씀하셨다. 성실하게 나답게 기준을 세워가기 시작했다.

하루에 최소 세 명은 방문하고 돌아오자! 매일 3명은 방문을 하고 상담하자는 기준을 세웠다. 비가 와도, 컨디션이 좋지 않아도, 꼭 3명은 만나고 들어가자고 다짐하고, 일상을 나와 싸우면서 만남을 이어갔다. 나 스스로 흐트러지지 않으려는 나와의 약속이었다. 아무도 나에게 그렇게 하라고 시키지 않았다. 매일 나가서 사람을 만나며 느끼게 된 것은 상품이 먼저가 아니라 사람이 먼저라는 생각이었다. 이사를 하고 다시 신입의 첫 마음으로 돌아왔다. 처음 보는 고객을 만나야 하고, 새로운 신규고객을 만들어야 하고, 새로운 하주언이 되어야 한다. 앞으로 2년~3년 후 나의 활동에 기대를 걸어본다. 신입 시절 아무 성과 없이 돌아다니면서 느꼈던 감정을 느끼면서 나는 다시 그때의 나로 돌아온다. 내 스스로 나의 태도를 평가하고 있다. 상품이 아닌 사람을 대하는 자세가 맞는지 지켜보고 있다. 몸이 좋지 않을 때 나는 차 안에서 전화 통화를 한다. 20통을 다하고 집으로 돌아갔다. 20통이 모두 성공은 아니었다. 하루에 내가 하기로 정한 일을 마치고 나서야 나에게 퇴근의 자유를 주었다.

세종에서 시작한 일이 용인으로, 구리로, 지역 이동이 있다 보니 더 많은 시행착오와 시간이 필요했다. 내가 오랜 시간 방문을 할 수 없는 상황에 꾸준한 관리가 어렵게 느껴지기도 했다. 구리에서의 첫 DB(회사에서 관리하라고 주신 고객) 고객을 만나고, 동의 받고, 주기적으로 방문을 했다. 내가 가기 전 오랫동안 관리한 설계사가 있었고, 내가 가던 중에 다른 설계사에게 계약하고 나에게는 계약을 하지 않은 사람처럼 이야기했다. '나에게 미안해서 그러겠지?' 자꾸 오니 힘들다고 하셨다. 누군가에게는 부담을 주는 존재가 나의 직업이었다. 지금은 고객의 표정, 목소리, 고민을 듣다 보면 상대의 감정과 기분, 마음이 읽혀서 어려울 때도 있다. 이럴 때 내가 나에게 말해준다. 정신 차리라고, 감정 빼고 사실만 보라고. 하지만 생각처럼 쉽지 않은 것을 나는 잘 알고 있다. 고객을 단순한 계약자가 아니라 '내가 책임져야 할 사람'으로 바라보자고 스스로 약속하고 다시 일을 시작했다. 시간이 지나고 성장하면서 나만의 영업 스타일을 만들겠다고 생각했다. 무조건 선물만 가져다드리는 것이 관리는 아니라고 생각했다. 좋은 선물을 주지 않아도 보험금을 받을 상황에 빠짐없이 보험금을 받아드리는 것이 최선이라고 생각했다. 내가 누군가에게 어려움을 돈으로 해결해 줄 수 있는 가장 좋은 일은 내가 꾸준히 고객과 소통하고 나만의 방법대로 도움을 드리는 것이었다. 고객이 나의 노력으로 인해서 힘든 상황에 작은 경제적인 도움을 드릴 수 있다면 고객은 얼마나 든든하게 생각할까?

글을 기록으로 전하는 일상에서 어떤 고객에게는 전화보다 더 큰 위로가 되어 퇴사하지 않은 일도 있었다. 인생을 살아가는 인생의 선후배가 고객과 나의 관계가 되기도 했다. 새벽에 기록한 글 하나가 누군가에게 감동을 주었다. 마음을 움직였다. 퇴사하지 않고 일할 수 있도록 했다. 글은 사람의 마음을 위로하고, 사람의 정신을 정리해 주는 힘이 있다. 내가 책을 읽고, 글을 쓰고, 누군가에게 이야기를 전하는 과정이 작은 일은 아니라고 고개를 끄덕여본다. 설계사뿐만 아니라 '글을 쓰는 사람'으로도 탈바꿈하고 있다는 것을 알아차렸다. 고객을 위해 썼던 글은 결국 내 안에 있는 진심을 보여주는 창문이 되었고, '하주언' 하면 매일 기록하는 설계사, 정성을 다하는 설계사 브랜드로 안착했다.

매일 꾸준하게 반복하는 비법은 첫째, 전화 20통 거는 거였다. 둘째, 사람 세 명 미팅하는 것이다. 셋째, 매일 새벽 블로그 기록으로 고객을 만나는 것이다. 이 비법으로 살아냈고 지금도 성장하고 있다. 아무나 마음먹으면 할 수 있다. 그러나 누구나 할 수 있는 일은 아니다. 매일 하다 보니 하고 싶지 않은 하주언도 있었으니까. 스스로와 싸우는 일이 가장 뛰어넘기 힘든 허들이었다.

때로는 육아와 병행하는 나의 일상 자체가 루틴을 할 수 없게 만든 날도 있다. 어깨가 축 처진 날이었다. '멈추었으면 계속하자! 그럼 꾸준하게 되겠지'라고 생각했다. 그렇게 꾸준함을 만들어냈다. 완벽하지 않지만 그런 꾸준함이 나를 브랜드로 만들어 주었다. 고객에게 '기억되는 사람'으로 만들어 주었고 회사에서는 강의 요청이 들어왔다. 연수원에서 내가 할 수 있는 과정이 열리며 강의하게 되었다. 내가 쓴 글이 일파만파로 퍼져 나갔다. 내 글을 활용해서 고객과 소통하는 분들도 생겨나기 시작했다. 갑자기 이렇게 성장할 줄 몰랐다. 한 뼘 성장이 아니라 두 배, 세 배 뛰어넘고 있었다. 가파른 속도가 두렵기도 하다. 그러나 그동안 남모르게 노력한 부분이 성과로 나타나고 다른 신입 누군가에게 경험의 지표가 될 수 있다는 거, 행동으로 보여주게 되었다. 세상에 경험을 이길 장사는 없다. 경험을 통한 수정 보완 그것이 하주언의 보이지 않는 노력의 결실이 되어 주었다.

내가 한 경험과 행동이 '하주언'이라는 '브랜드'로 굳혀졌다. 그 브랜드는 연 1억이 넘는 수입의 원천이 되었다. 브랜드는 거창한 것이 아니었다. 화려한 말도, 대단한 마케팅도 필요하지 않았다. 그저 매일 누군가를 위해 최선을 다한 행동의 총합. 그 결과가 지금의 하주언으로 만들어 주었다. 무언가를 바라지 않고 했던 매일의 일상이 감사하게도 어느 날 브랜드가 되었다. 그래서 매일 더 겸손하게 나를 돌아보고 기록하게 된다. 또 다른 나의 성장을 위해서 매일의 루틴이 미래의 또 다른 기회들로 열리기를 바란다.

6.
우여곡절 끝에 마주한
나의 브랜드 두찜

장은경

두 번의 장사 실패는 나를 무너뜨렸지만, 완전히 좌절하게 하지는 못했다. 폐업은 자신감을 떨어지게 했지만, 도전 근성을 막지는 못했다. 폐업을 결심하기 전까지 가게를 살려보려고 업종 변경을 고민하며 전국의 국밥 체인점을 찾아다니며 컨설팅을 받았다. 장사 세미나, 장사와 관련된 곳이라면 빠짐없이 다녔다. 그 과정에서 어떻게 장사해 왔는지, 무엇이 부족했는지를 돌아보게 되었다. 아무것도 모른 채 시작했다는 사실을 비로소 인정했다. 컨설팅받았던 가마솥순대국밥 이준서 대표님과는 지금도 연락을 주고받고 있다. 장사를 어떤 관점에서 바라봐야 하는지, 무엇에 초점을 맞춰야 하는지, 지금 이 자리에서 어떤 선택을 해야 하는지 차분히 짚어주었다. 앞으로 어떤 사장의 마인드를 가져야 하는지, 언제 멈추는 것이 용기인지까지 알려주었다. 그 조언으로 백반집 정리할 때 감정에 휩쓸리지 않고 결정 내리고 다음 단계를 준비할 수 있었다.

폐업 후, 벼랑 끝에 선 심정으로 서울행 열차에 몸을 실었다. 마지막 희망의 끈을 붙잡듯 큰 비용을 들여 신청한 소상공인 김영갑 교수님의 강의였다. 첫 수업에서 교수님은 의외의 과제를 던졌다. 블로그에 아무 글이라도 매일 기록하라는 것이었다. 매일 직접 확인하신다고 했다. 순간 귀를 의심했다. 지금 당장 돈 버는 기술, 장사의 비법 배우러 왔는데 블로그 쓰라니, 솔직히 말해 아, 잘못 왔구나 싶었다. 비싼 수강료가 머리를 스치자 가슴이 철렁 내려앉았고, 돈이 아까워 망설이기도 했다. 하지만 돈을 지불해 물러설 곳은 없었다. 시키는 데는 이유가 있겠지, 반신반의하는 마음으로 시작했다. 매일 음식만 만들며 살아온 나에게 컴퓨터는 멀기만 한 존재였다. 컴퓨터 사용법부터 난관이었다. 큰딸 도움으로 블로그 가입하고, 인터넷 사용법, 컴퓨터 기본 조작까지 하나하나 배워 나갔다. 그렇게 1년 동안 블로그에 일기를 쓰기 시작했다. 장사 준비 과정부터 상가 매물 보러 다닌 이야기, 업종 고민한 기록, 일주일에 한 번씩 서울에 올라가 공부한 내용을 빠짐없이 적었다. 짬짬이 일상과 생활 이야기도 함께 기록했다. 글 쓰면서 내 안에서 알 수 없는 무엇인가 꿈틀거리기 시작했다. 하루하루 쌓인 기록들이 나를 증명해 주는 행동이 되었고,

글 속에서 나를 조금씩 다시 보게 되었다. 글쓰기는 나를 위로하는 도구가 아니라 정확히 마주하게 하는 거울이 되어갔다. 기록이 쌓이자, 실패를 실패로만 두지 않고 경험으로 정리하게 되었고, 감정에 휘둘리기보다 생각을 정리하며 선택하는 사람이 되어갔다. 글을 억지로 끌어올리기보다 조용히 다시 쌓아 올렸다. 글쓰기는 나에게 결과보다 방향을 먼저 제시했다. 글쓰기는 나를 고치지 않았다. 대신 나를 이해하게 했다.

마인드를 완전히 새롭게 가다듬고, 다시 기본으로 돌아갔다. 다른 가게에서 서빙, 주방, 설거지를 도맡아 하며 손님들의 움직임을 세밀하게 관찰했다. 효율적인 동선을 몸으로 익혔고, 상권 분석을 위해 한 달 기름값 50만 원 나올 정도로 현장을 발로 뛰었다. 틈틈이 아르바이트를 병행하여 실전 감각을 놓지 않았던 간절함이 나를 깨어있게 했다. 그러던 중 한 배달 전문점에서 일하던 중 지친 기색의 젊은 사장님이 던진 한마디가 가슴을 울렸습니다. "이모, 가게 내놓을까 고민 중이에요" 순간 본능적인 직감이 왔다. 이 가게는 내가 살릴 수 있다. 첫째, 리스크를 최소화한다. 둘째, 고정비 최적화한다. 점포세와 인건비를 꾸준히 감당할 수 있는 효율적인 구조를 만든다. 셋째 사장의 주도권이다. 사장이 모든 공정을 직접 해 낼 수 있어야 매장이 흔들리지 않는다. 이를 위해 주방 곳곳에 조리 순서와 포장 매뉴얼을 붙여두었다.

사장의 지시가 없어도 직원들이 스스로 움직일 수 있는 시스템을 구축했다. 사장이 매장에 끌려가는 것이 아니라 매장을 주도할 때 비로소 운영은 안정 궤도에 오른다. 브랜드를 완성하는 설계도는 지난 1년간의 글쓰기와 장사 덕이다. 그동안 공부는 흩어진 퍼즐 조각이 아니었다. 그것은 '나'라는 브랜드를 완성하기 위해 정교한 설계도였다.

요리하는 손은 기술이고, 글을 쓰는 마음은 철학이며, 도전하는 태도는 정체성이다. 지금은 자영업자가 생존하기 쉽지 않은 시대다. 하지만 수많은 시행착오를 통해 완성된 자신만의 무기가 있다면 흔들리지 않는다. 이제 성공을 좇는 사람이 아니라 나를 지키는 방식으로 살아가는 사람이 되었다. 글쓰기는 나를 바꾸지 못했지만, 내가 길을 잃지 않게 도와주었다. 이 진심을 담아 오늘도 정성을 들여 음식을 만든다. 나의 브랜드를 진정한 '천직'으로 만들기 위해 지금 성공보다 나를 지키는 방식으로 살아가는 사람이 되고 싶다.

내가 하는 요리는 두찜이다. 지난번 다른 분이 하던 것을 맡았다. 여러 가지 공부와 실제 경험은 장사의 지혜를 높여주었다. 경험 없이 뛰어들었던 두 번의 장사와는 다르다. 서울, 부산 뛰어다니며 공부하고 아르바이트하며 경험을 쌓아나갔다. 블로그에 글도 꾸준하게 작성했다. 이런 여러 가지 노력이 지금 하는 요리 두 찜을 안정적인 궤도에 올려놓을 수 있게 되었다. 아직 성공이라는 말은 이르다. 리스크 줄이는 일, 고객이 찾지 않는 날도 참고 기다릴 수 있는 인내. 늘 고객의 자리에서 고객이 되어 고객의 입장을 생각하는 사장이 되려고 한다.

남의 주머니에 있는 돈을 꺼내는 일은 쉽지 않다. 그만큼 정성이 들어가야 한다. 고정된 음식의 맛, 그리고 투철한 서비스 정신, 직원 관리, 및 고객을 위한 홍보 등 쉬운 게 없다. 가장 힘든 것이 사람을 다루는 일이다. 알바 한 사람만 일이 생겨도 장사에는 엄청난 구멍이 생긴다. 사장 혼자 그 구멍 메울 수 없다. 사람이 돈도 벌어준다. 사람을 잘 관리하는 일이 가장 힘들다. 가끔 일하는 알바생 구하기 힘들 때 두 딸이 달려와서 도와준다. '수신제가치국평천하(修身齊家治國平天下)'란 말이 있다. 아무리 장사가 잘되어도 가족이 화목하지 못하면 도루묵이다. 가장 기본은 나의 기본적인 마음과 태도이고 가족과 잘 지내며 협동하는 기술이다. 이것을 알기까지 무수한 세월의 견딤 덕분에 지금 나의 브랜드 두찜이 고객의 사랑과 지지를 받고 있다. 두 번의 멈춤은 깊게 뿌리내리기 위함이었음이 증명되었다. 더 나아가 백년 브랜드를 일구겠다는 꿈을 꿔 본다.

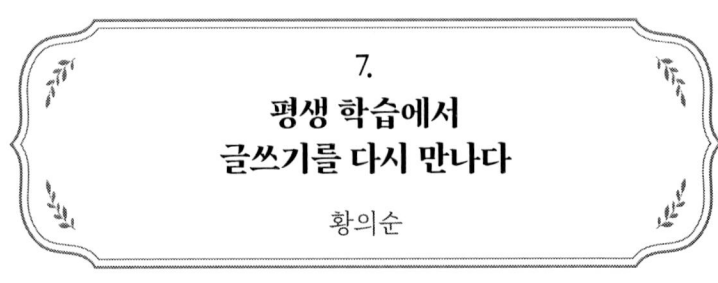

"나답게 산다."라는 말은 이제 단지 기분 좋은 선언으로만 들리지 않는다. 나답게 산다는 것은 남들과 다른 선택을 한다는 의미가 아니다. 내 삶의 속도와 방향을 스스로 인식하며 살아간다는 뜻에 더 가깝다. 인식의 중심에는 언제나 글쓰기가 있었다.

평생교육 석사를 졸업한 뒤, 잠시 공허한 시간이 찾아왔다. 목표를 이루었는데도 마음은 쉽게 채워지지 않았다. 해야 할 일을 해 냈다는 안도감보다, 이제 어디로 가야 할지 모르겠다는 생각이 들었다. 방향이 없다는 감각은 생각보다 사람을 빠르게 지치게 했다. 바쁘게 움직이고 있었다. 마음은 자주 멈춰 있었다. 하루를 마치고 돌아와도 무언가 남아 있는 듯한 허전함이 사라지지 않았다.

독서심리상담사라는 길이 직감처럼 떠올랐다. 설명할 수는 없지만 '이 방향일지도 모른다.'라는 느낌이었다. 멈추고 싶지 않았다. 더 확장하고 싶었다. 내 안에는 여전히 "아직 다 오지 않았다"라는 감각이 남아 있었다. 감각을 따라 독서 치료 학회 참가했다. 평생교육 안에서 독서 경영은 함께 가야 하는 매개체라고 생각했기 때문이다. 강의실 뒤편에 앉아 조용히 강의를 들었다. 낯선 사람들 사이에서 새로운 언어를 배우는 느낌이 들었다. 관심 있는 분야의 자격 과정을 찾아다니며 공부했다. 새로운 길 앞에서 두려움보다 기대가 조금 더 컸다. 학교 현장의 늘봄 수업과 연결되었다. 배움이 공허함을 단번에 채워지지는 않았다. 적어도 나를 멈추게 하지 않았다. 감정이 크게 흔들리는 날들이 잦아졌다. 겉으로는 잘 지내는 것처럼 보였지만, 마음은 자주 출렁였다. 어느 날 밤, 명상음악을 틀어놓고 책상 앞에 앉았다. 펜을 잡고 멍하니 무언가 끄적이고 있는 나를 발견했다. 한 문장을 적었다. 표현적 글쓰기를 시작했다.

누군가에게 보여주기 위한 글이 아니었다. 나 자신에게 솔직해지기 위한 글이었다. 생각이 조금씩 정리되기 시작했다. 평생학습관에서 글쓰기 기본과정을 배웠다. 삶에 적용할 수 있는 표현적 글쓰기에 집중했다. 결과를 만들어내는 글쓰기보다, 과정을 견디게 해주는 글쓰기가 나에게는 더 필요했다. 아침에 일어나면 내 몸을 먼저 살피기 시작했다. "오늘 내 신체 리듬은 어떤가?" "이 리듬 안에서 내 기분은 어떤가?" 질문을 던지고 기록했다. 반복하면서 표현적 글쓰기는 자연스럽게 일상이 되었다. 나를 돌보기 위한 시간이었다.

글쓰기를 하다 보니 내가 무엇을 원하는지 보였다. 욕구가 어디에서부터 시작되었는지도 조금씩 이해하게 되었다. 심리학을 공부해 온 덕분에 감정의 뿌리를 탐색하는 일이 익숙해졌다. 내면에서 움직이는 역동이 '내 역동'인지, 아니면 '타인에 의해 흔들리는 역동'인지 구별할 수 있게 되었다. 생각을 정리하는 일, 화가 난 감정을 다스리는 일에도 글쓰기가 도움이 되었다. 감정의 주인이 되었다. 글쓰기를 통해 정리된 것은 역설적으로 평생 학습과 상관없이 안정적인 직업을 원했나 보다.

글쓰기는 뇌과학적 관점에서도 긍정적인 영향을 준다. 감정을 담당하는 편도체 활동이 낮아지면서 스트레스가 감소한다. 연구 결과를 알게 되었을 때, 글을 쓰고 나면 마음이 차분해졌던 이유를 이해할 수 있었다. 또한, 기억을 떠올리고 의미를 연결한다. 사건을 재구성하는 과정에서 해마가 활성화된다는 것도 알았다. 내가 글을 통해 경험을 새롭게 바라보게 되었던 순간들과 맞닿아 있었다. 결국, 글쓰기는 뇌를 재구성하는 신경학적 훈련이기도 하다.

매일 글쓰기를 하면서 감정을 배출한다. 의미를 생성한다. 자기 이해를 깊게 만든다. 정서적 안정과 삶의 통합을 경험하고 있다. 나의 감정과 신체 리듬을 기록한다. 하루를 시작하는 자연스러운 의식처럼 자리 잡았다. 글쓰기를 계속하면 글이 깊어지는 시점이 온다고 한다. 단지 기술의 문제가 아니라 뇌 연결의 변화 때문이라는 이야기를 들었다. 묘하게 설렜다. 내 글이 얼마나 깊어질지 아직 알 수 없다. 변화를 직접 경험해 보고 싶다. 가능성을 상상하는 것만으로도 힘이 된다.

필사도 병행했다. 내면이 흔들릴 때 지혜로운 문장을 천천히 따라 적었다. 한 줄 한 줄 따라 쓰는 동안 마음이 안정되었다. 삶의 경험과 지혜를 연결하였다. 나만의 방식으로 재해석하는 힘이 생겼다. 내면이 조금씩 단단해졌다. 급변하는 시대 속에서 우리는 늘 불안을 느낀다. 속도보다 깊이를, 편리함보다 진심을, 무엇보다 공감을 요구하는 시대라고 생각한다. 스스로 묻는다. "나는 어떤 태도로 살아가고 있는가?" 글쓰기는 그 질문을 가능하게 해준다. 인문학적 배경지식은 자기 자신과 타인을 이해하는 힘이 된다. 질문의 질을 높여준다. 질문이 깊어질수록 삶의 방향도 또렷해진다. 평생 학습에서 글쓰기는 단순한 기술이 아니라 삶을 연결하는 매개체라고 말한다. 읽었다면 쓰기로 완성해야 한다. 아직도 가야 할 길은 멀다. 한층 더 단단한 나로 거듭나고 싶다. 이제는 확신한다. 글쓰기는 더 나은 사람이 되기 위한 과정이다. 무엇보다 나를 버리지 않기 위한 선택이었다. 글쓰기는 그 선택을 오래 지켜준 든든한 친구였다.

평생교육의 엔진은 독서와 글쓰기라고 생각한다. 독서를 많이 하면 결국 쓰고 싶어진다. 글쓰기를 할 수 있어서 기쁘다. 내 취미는 무너지지 않기 위해 반복하는 일이다. 그것이 이제야 '글쓰기'라고 부를 수 있게 되어 감사하다. 글쓰기로 비운다. 감사로 채운다. 둘은 나를 고요하게 돕는다.

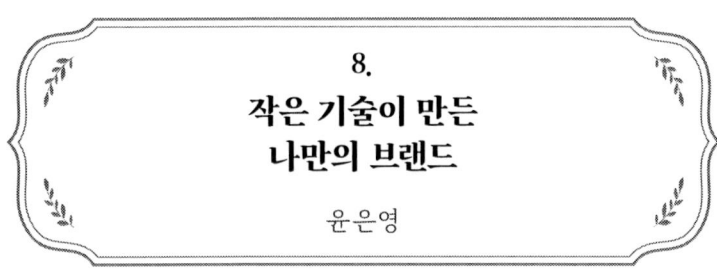

8.
작은 기술이 만든
나만의 브랜드

윤은영

2012년 도서관에서 동화구연 과정을 수료한 후 동아리에 가입했다. 꾸준히 활동하면 수업 기회도 생긴다는 선생님의 말씀에 기대가 생겼다. 오전에 동극 봉사하며 배운 것으로 오후에 딸과 신나게 놀면 되겠다고 생각했다. 동아리 선생님들은 동극 공연을 위해 동화 선정부터 대본, 음향 무대의상과 소품 제작까지 모든 과정을 손수 만들었다. 끝없는 연습 후 무대에 오르는 열정에 감탄했다. 나에게 처음 맡겨진 역할은 음원을 재생하는 일이었다. 공연하는 선생님들의 동선을 살피며 눈 크게 뜨고 지켜봐야 했다. 등장과 퇴장 효과음의 타이밍을 정확히 맞추려고 노력했다. 무사히 공연을 마쳤을 때 느낀 알찬 뿌듯함은 말로 표현할 수 없었다.

하반기 무렵 동아리에서 이듬해의 공연을 구상하기 시작했다.

나의 역할은 대본을 보고 음원을 선정하는 일이었다. 이야기의 흐름에 적절한 음악을 고르던 중에 문제가 생겼다. 어떤 음악의 특정 부분만 편집해야 했다. 인터넷으로 골드웨이브라는 프로그램을 찾아 설치했다. 한 달간 무료 체험을 활용해 편집을 시작했다. 처음에는 복잡해 보였지만 복사와 붙여넣기라는 기본 기능의 반복이었다. 원하는 지점을 선택해 자르고 저장하는 방식을 익히자, 작업이 수월해졌다. 완성된 음원을 드리자 선생님들이 환호하셨다.

그날부터 나는 동극의 음원 편집과 조명 담당이 되었다. 동극뿐 아니라 인형극 음원 편집까지 도맡았다. 미국의 심리학자 칼 로저스는 사람은 자기가 할 수 있는 작은 일을 통해 자신감을 얻고 그것이 더 큰 도전의 발판이 된다고 말했다. 음원 편집이라는 기술은 내게 할 수 있다는 자신감을 심어준 계기가 되었다.

동화구연과 동극 자격증을 취득하면서 강사 모임에 참여하며 활동 범위를 넓혔다. 새로운 인형극 대본에는 음원이 필요했다.

"음악은 누가 할 수 있어요?"

선생님들의 시선이 끄트머리에 앉아 있던 나를 보았다. 일주일 안에 가능하냐고 회장님이 물어보셨다. 망설임 없이 고개를 끄덕이며 대답했다. 밤샘 작업 끝에 음원 리스트를 완성해 드렸다. 이후 선생님들이 음원 편집을 부탁하기 시작했다. 주어진 일에는 항상 최선을 다했다. 충주공연을 비롯해 다양한 경험을 쌓았다.

자료가 쌓여 갔고 작업 속도도 붙었다.

　편집을 전문적으로 하는 일을 해볼까 고민했으나, 주변의 반응은 차가웠다. 나이도 있는데 누가 받아주겠느냐며 아기나 키우라는 말을 들었다. 혼자 컴퓨터 앞에 앉아 그동안 작업한 파일을 확인하며 음악을 듣다가 잠이 들었다. 다음 날 아침에 둘째의 웃는 얼굴을 보니 힘이 솟았다. 다시 육아와 일상에 집중하기로 했다.

　코로나가 끝나갈 무렵 도서관에서 강좌가 열렸다. 동극 가르쳐주셨던 선생님의 수업이다. 선생님께서는 종강 무렵에 인형 활용 과정이 있다고 알려주셨다. 몇 년 전부터 배우고 싶었으나 주말수업이라 포기했던 강좌였다. 이번이 마지막 기회라 생각하고 남편에게 물었다. 배워도 된다고 했다.

　우여곡절 끝에 과정을 마치자, 선생님께서 유치원 수업 지도기회를 주었다. 열정을 다해 준비했다. 하지만 현장은 만만치 않았다. 사랑스러운 아이들이 각자 하고 싶은 대로 움직였다. 아이들에게 수업 중에 돌아다니면 위험하다고 주의를 주었지만, 소용없었다. 주의 집중을 끌어올 수 없었다. 진땀이 났다. 뒤늦게 깨달았다. 문제는 수업 기술이 아니라 나의 스피치 역량이었다. 아이들을 몰입시키는 말하기 능력이 부족했다.

　심리학자 알버트 메라비언은 의사소통에서 말의 내용은 7%,

목소리 톤은 38%, 몸짓과 표정은 55%의 영향을 미친다고 했다. 좋은 내용도 전달력이 없으면 공허하다. 나는 전달력을 키워야 했다.

"영상 편집할 수 있어요?" 선생님이 물으셨다. 영상 편집은 10년 전 골드웨이브로 음원을 편집했던 기억이 떠올랐다. 그날 오후 딸과 함께 도서관으로 달려가 영상 편집에 관련된 책 5권을 빌렸다. 집으로 돌아와 책을 펼쳐 놓고 컴퓨터 앞에 앉았다. 먼저 초보자가 쉽게 할 수 있는 캡컷 프로그램 설치부터 시작했다. 설치하는 동안 유튜브로 기본 강의를 찾았다.

'타임라인에 영상을 배치하고 단축키 C를 누르면 자르기가 됩니다.' 강사의 말을 따라 했다.

처음엔 시간이 오래 걸렸다. 글자 크기, 위치, 색상을 일일이 조정해야 했다. 새벽이 됐다. 눈이 뻑뻑했지만 멈출 수 없었다. 조금만 더 효과음을 넣었다. 배경음악을 깔았다. 화면 전환 효과도 넣어봤다. 드디어 완성이다. 재생 버튼을 눌렀다. 자막과 효과음이 딱딱 맞아떨어졌다. 내 힘으로 해 냈다. 선생님께 파일을 보내드렸다. 편집 감각이 있다는 말을 들어 힘이 났다. 10년 전 음원 편집으로 완전 프로 같다는 말을 들었을 때가 떠올랐다. 작은 성취감이 얼마나 큰 힘인지 그때 다시 깨달았다.

스토리를 구성하는 과정은 여전히 망설여질 때가 많았다. 어떤 장면을 먼저 보여줘야 할까 자막은 어디에 넣어야 효과적일까? 하지만 꾸준히 쇼츠 영상을 만들수록 자신감이 붙었다. 내가 편집한 인형극 영상들이 좋은 반응을 얻기 시작했다. 어느새 두 분의 유튜브 채널을 도와드리는 사람이 되어 있었다.

문득 깨달았다. 10년 전 동극 음원을 편집하며 익힌 자르고 붙이기가 영상 편집의 기초가 됐고 그것이 다시 스토리텔링으로 이어졌다는 사실을. 이게 바로 레버리지였다. 10년 전 무심코 뿌린 음원 편집이라는 씨앗이 영상 편집이라는 줄기를 거쳐 스토리텔링이라는 열매로 불어났다. 작은 경험이 쌓여 복리가 되고 어느새 나만의 브랜드가 된 것이다.

영상 편집을 하며 또 하나를 배웠다. 영상은 자연스러운 스토리를 만들어야 한다. 자막 문구, 시선을 사로잡는 제목, 섬네일까지 편집 기술만큼이나 중요한 게 전달력이었다. 결국 모든 것은 글쓰기에서 출발한다.

취미는 단순히 시간을 보내는 활동이 아니었다. 등산으로 체력을 다졌고 우표로 역사를 배웠으며 인형극으로 표현력과 협업을 얻었다. 취미는 지금의 나를 완성하고 앞으로 가야 할 방향을 비추는 나침반이었다.

"비전을 세상에 알리는 가장 좋은 방법은, 스스로 빛나는 것이다."

　이 말처럼 이제 나는 편집 크리에이터로서 내 삶의 브랜드를
완성해 나갈 것이다.

9.
새로운 배움의 시작 글쓰기

이예주

배우는 것을 좋아해 유명한 인플루언서 요리 전문가들이 하는 요리 강습 배우러 서울과 대구까지 다녔었다. 블로거 '당근정말시러' 님의 찹쌀고추장 만들기, '아솜' 님의 쌀국수 외 베트남 요리, 돈가스 김밥과 누드김밥 싸는 법, 샐러드 소스 만들기까지. 배우는 즐거움도 컸지만 특별한 한 끼를 대접받는듯한 기쁨이 더 컸다. 장사하면서 누룽지 백숙하는 방법을 500만 원 주고 배웠다. 백숙은 이미 하고 있었지만, 노릇노릇한 누룽지와 함께 먹는 백숙도 당시 인기가 많았다. 누룽지 백숙은 순전히 돈을 벌기 위한 목적이었다. 배우기에 대한 열정은 누구에게 지지 않을 만큼, 어찌 보면 나는 '배우기 종합 세트'였다. 한 우물을 깊게 파지 못하고 남들 따라다니며 보낸 시간도 많았다. 아쉬운 날들은 마음이 허하거나 삶의 만족도가 낮았고 분명한 목표가 없었기에 그렇게 흘러갔던 것 같다. 한편으로는 남편과 온종일 같은 공간에서 일하다 보니 현실을 벗어나고 싶은 마음이 더 컸던 날들이었다. 그때의 나는 '요리를 더 잘하고 싶어서'만은 아니었던 것 같다. 배우러 가는 날은 집과 가게라는 익숙한 일상에서 잠시 빠져나오는 날이었다. 요리 고수님들의 요리하는 모습도 재미있고 따라 하는 재미도 있지만, 만들어서 차려주는 한 끼 밥상을 대접받는 그 시간이 나에게는 작은 휴식이었다.

16년 전 조카가 고1, 고3이 되던 해, 나의 절친이며 언니 같고 때로는 엄마 같았던 여동생은 44세 젊은 나이에 세상을 떠났다. 평소 아프지도 않았고 지병도 없었던 동생이다. 그날 오전 동생과 전화 통화도 했다. 봄 방학이라서 집에 있던 둘째 조카와 점심밥도 같이 먹었다고 했다. 학원 다녀오면 저녁에 맛있는 거 해줄게, 그 말이 마지막이 될 줄은 몰랐다. 몇 시간의 부재가 영원히 볼 수 없는 이별이 되었다. 동생의 죽음을 조카와 가족들은 어떻게 받아들여야만 했을까? 하늘이 무너진다는 느낌이 이런 거구나 싶을 정도로 눈앞이 캄캄했었다. 지금도 그때 일을 생각하면 가슴이 먹먹해진다. 동생을 잊을 수 없어 우울증이 오기도 했다. 내가 죽었으면 더 좋았을 텐데, 왜 똑똑한 동생이 나보다 먼저 죽어야만 했을까? 하는 의문을 풀기 위해 사주 공부, 마음공부를 하러 다녔다. 잘 버티고 이겨낸 시간이 있었기에 동생을 가슴에 묻고 살아간다. 동생의 이른 죽음을 통해 얻은 통찰이 있다. 한 번 왔다 가는 인생을 대충 살다가 가지 말고 해보고 싶거나 배우고 싶은 것이 있으면 시간이 나는 대로 해보자는 것이다. 그 뒤로 '배움'은 단순한 취미가 아니라 내 삶을 붙드는 방식이 되었다. 장례가 끝났다고 해서 마음이 끝나는 건 아니었다. 가게에서 손님을 맞으며 웃다 가도 설거지를 하다 가도 문득 숨이 턱 막힐 때가 있었다. 아무렇지 않은 척 견디려 했지만, 눈물은 예고 없이 찾아왔고, 밤에는 생각이 끝없이 이어졌다. 조카들을 볼 때면 더 미안했다. 이모인 내가 잘해줘야 한다는 책임감과 또 다른 마음은 나는 왜 이렇게 약하지, 하는 자책이 번갈아 올라왔다. 그때 처음 알았다. 마음이 아프면 몸도 무너진다는 걸, 그리고 살아내기 위해서는 뭔가를 배우는 일이 절실히 필요하다는 것을. 그 이후의 배움은 취미가 아니라 나를 일으켜 세우는 연습이기도 했다.

생각해 보면 장사하는 동안 무엇인가 꾸준히 배워왔다. 코로나 때 친한 동생과 하우스 두 동을 얻어 수국 나무 삽목 순을 따서 뿌리내리게 하는 법을 배웠다. 수국에 빠지게 된 건 우연이었다. 친한 동생 지인이 수국 삽목으로 돈을 벌 수 있다는 정보를 주며 자기가 다 알려주겠다고 했다. 예쁜 수국은 전라도나 경상도 쪽 주로 공원에 많다고 했다. 그러면서 수국 순을 많이 채취할 수 있는 전국의 공원을 줄줄이 말해주는 거였다. 집에 와서 수국을 검색해 보니 품종도 다양하고 색깔도 천차만별이었다. 유튜브로 수국 키우는 영상을 찾아보며 약간의 정보를 습득했다. 순을 따서 토양이 좋은 곳에 심으면 뿌리를 내려 번식할 수 있다는 것, 그리고 돈을 벌 수 있다는 말에 '나는 한번 해볼까?' 하는 마음이 들었다. 코로나로 가게 손님도 줄고 답답한 나날이 계속되던 때였다. 무엇인가 새로운 일에 몰두하고 싶었다. 친한 동생은 "언니, 우리 한번 같이 해보자!"라며 적극 찬성했다. 그 동생도 코로나로 무료하고 답답하다고 했다. 우리는 동네 외곽에 비닐하우스 두 동을 임대했다. 한 동에 30만 원, 두 동을 1년 계약했다. 수국 순을 채취하러 전국에 퍼져 있는 수국 나무를 찾아 밤샘 운전하며 돌아다녔다. 전라도, 경상도, 서산, 춘천, 통일 전망대까지 지금 생각해 보니 짧은 기간에 안 가본 곳이 없다. 그때의 일은 책만 보면 누구나 알 수 있는 것, 꽃을 가꾸는 일 등 약간의 지식을 알았을 뿐 돈만 까먹고 시간만 낭비한 약간은 미친 짓이었다는 생각이 든다. 힘든 코로나 시절을 뭔가에 정신을 쏟으며 버텼다는 것으로 위안 삼고 싶다.

돈은 남지 않았어도 그 시간 덕분에 나는 다시 일상으로 돌아올 수 있었다. 남편은 지금도 말한다. 그 열정을 '해찬솔'에 쏟았다면 더 많은 돈을 벌었을 것이라고. 하지만 누구든 방황의 시기가 있다. 그때의 나는 돈 버는 것보다는 남편과 함께하는 일에서 잠시라도 벗어나고 싶은 마음이 더 컸던 날들이었다. 코로나 때 줌(Zoom) 강의를 이곳저곳에서 들으며 다양한 수업을 수강했다. 그 과정에서 김종학 대표님께 스마트폰, 컴퓨터 사용법을 배웠고, 2025년 3월쯤에는 글쓰기 무료 강의를 들었다. 그때 만난 이선희 작가님의 무료 글쓰기 강의는 평소에 글쓰기 배우고 싶었던 나의 일상에 새로운 꿈을 심어 주었다. 작가님은 나의 마음을 꿰뚫어 본 듯했다. 하는 일과 사는 곳을 말하고 마음을 조금 드러냈을 뿐인데 나는 해냄 글쓰기 클래스 이선희 작가님에게 한 번에 마음을 빼앗기고 말았다. 이선희 작가님은 젊고 활달하고 귀여운 이은진 작가와 함께 우리 가게로 찾아왔다. 청주에서 무극까지 나를 만나러 와 준 것이다. 그 열정에 마음이 움직여 바로 입과했다. 공부하면서 느낀 점은 이선희 작가님의 열정과 실행력은 정말 최고라는 것이다. 고민할 시간도 없이 선생님의 제자가 되었다. 다만 나의 생활 환경이 저녁 강의를 마음 놓고 들을 수 없어 아쉽다. 25년간 스피치, 코칭 강의 경력이 풍부하신 작가님과 함께 글쓰기 클래스에서 읽고 쓰는 삶을 배우고 있다. 지금은 작가님의 글쓰기 클래스에서 초보 작가들과 공동 저서를 함께 쓰며 작가의 꿈에 한 발 더 다가서고 있다.

2025년 10월 해냄 글쓰기 예비 작가들과 경북 김천의 남동생 세컨하우스(시골집)에서 1박2일 글쓰기 모임을 가졌다. 남동생은 몇 년 전 김천에 작은 시골집을 마련해 주말마다 내려가 텃밭과 화초를 가꾸고 쉬며 지낸다. 아담하고 예쁜 그 집은 앞뒤가 산으로 둘러싸인 조용한 곳이다. 도시의 소음에서 벗어나 글쓰기에 딱 좋은 공간이다. 동생에게 그곳에서 글쓰기 모임하고 싶다고 했더니 흔쾌히 허락해 주어서 토요일 청주에서 만나 함께 갔다. 부산에서 온 장은경 작가님은 이선희 작가님이 김천역으로 가서 픽업해 함께 왔다. 평소 줌으로 얼굴을 익혀서인지 전혀 낯설지 않고 반가움에 손을 꼭 잡았다. 조칠순 사장님은 화장품을 한 보따리 챙겨 오셔서 자기 전 마사지도 해주고 화장품을 선물로 나누어 주었다. 김천에서 1박2일은 단순한 모임이 아니라 서로를 격려하는 든든한 글쓰기 동료들을 만난 시간이었다. 고기도 구워 먹고 맥주도 한 잔씩 마시며 즐거운 추억을 만들었다. 60대에 처음 글쓰기에 입과했다. '이 나이에 무슨 작가냐' 할지도 모르겠지만 각자의 삶에서 겪은 이야기들이 누군가는 위로가 되고 희망이 될 수 있다고 믿는다. 서로가 바빠서 긴 시간 함께 하지 못했지만, 서로의 꿈을 응원하는 동료들이 있다는 것이 이번 만남에서 얻은 가장 큰 선물이다.

모두 힘들다고 말하는 자영업이지만 일 많은 고깃집을 해 오면서 일로만 끝내지 않고 꿈과 취미를 찾아 부단히 노력했다. 일하면서도 취미 활동을 하고 책을 읽고 글을 쓰는 삶, 이것이 내가 하고 싶었던 현재와 연결된 미래의 꿈이기도 하다. 아이들 어릴 때 어느 책에서 '꿈이 있는 엄마는 멋진 엄마'라는 말을 읽었던 기억이 난다. 손자가 있는 할머니가 되고 보니 이제는 이렇게 말하고 싶다. 꿈이 있는 할머니도 충분히 멋있다고. 열정이 많은 할머니의 꿈은 나이 들어도 시들지 않는다.

마치는 글

정영미

결혼과 출산 이후, 나라는 존재는 엄마가 되어 있었다. 삼십 대 중반, 동아리 활동을 활성화하기 위해 댄스스포츠를 시작했다. 음악에 몸을 맡겨 춤추는 시간 속에서 잠들어 있던 열정이 깨어났다. 사십 대 중반, 100대 명산 등반에 도전했다. 가쁜 숨을 참고 한 걸음씩 오르며, 어려움을 견디는 법을 배웠다. 오십 대 초반, 찾아온 오십견은 일상을 무너뜨렸다. 무너진 삶의 균형을 되찾기 위해 시작한 헬스는 삶의 활력을 불어넣어 주었다. 오십 대 중반, 20년간의 수업을 기록하고자 '해냄 글쓰기 클래스'를 수강하며 독서와 글쓰기를 일상의 취미로 받아들이게 되었다. 바쁜 일상에서도 취미는 몰입과 루틴을 만들어 주었고, 나의 태도와 관계, 삶의 방향까지 조금씩 바꾸어 놓았다.

이은진

　어쩔 수 없이 많이 걸어야 했기에 질려버렸던 걷기였다. 걷기를 최소화하며 살아오던 나에게 콩돌이는 다시 걷게 만든 존재였다. 산책하며 쓰레기를 줍고, 잠시 멈춰 풍경을 바라볼 여유도 생겼다. 그렇게 걷는 시간은 세상과 동네를 새롭게 알아가는 즐거움이 되었고, 낯설기만 했던 청주에서의 생활도 점점 익숙해지고 즐거웠다. 교대 근무하면서 버티기 위해 시작했던 운동과 기록은 어느새 나를 살리는 취미가 되었다. 몸을 움직이고 시간을 적어 내려가며, 나는 오늘을 어떻게 살아냈는지를 비로소 알게 되었다. 걷고, 움직이고, 쓰는 시간 속에서 나는 조금씩 회복했고, 삶의 균형을 되찾았다. 취미는 단순한 여가가 아니라, 내가 지나온 시간을 의미로 바꾸는 도구였다. 나는 오늘도 취미라는 이름으로 나의 삶을 꾸준히 기록한다.

손경애

글을 쓰고 싶다는 생각은 30년 전부터 해왔다. 어려운 가정형편과 직장 생활로 미루었던 글쓰기였지만, 꿈을 이루기 위해 시작했다. 취미에 대해 글을 쓰려고 하는데, 나의 취미가 무엇인지 생각이 나지 않아 처음에는 막막했다. 삶을 뒤돌아보니 수영도 하고 그림으로 전시도 해보았다. 그리고 봉사 활동한 일들이 떠올랐다. 취미라는 두 글자 뒤에 힘들고 어두웠던 내 삶이 보였다. 반면에 최선을 다해 살아온 나를 만날 수도 있었다. 글을 쓰는 동안 공감하는 시간을 갖게 되었다. 새로운 내 책이 나올 수 있다는 희망을 꿈꾸는 마음으로 지금도 글을 쓰고 있다.

권광택

하나의 진실을 확인했다. 취미는 단순한 여가가 아니라, 삶을 재구성하는 강력한 도구라는 것을. 나는 붓을 들었다. 축구화 끈을 묶었으며, 꽃씨를 뿌렸다. 그 시작은 작았지만, 변화는 놀라웠다. 취미는 나에게 에너지를 주었고, 새로운 관계를 선물했다. 무엇보다 '나다움'을 되찾게 해주었다. 한때 부족함을 채우기 위해 시작했던 활동이 이제는 나의 정체성이 되었다. 나를 이끌어준 취미는 세상과 소통하는 언어가 되었다. 삶은 취미를 통해 더 풍요로워질 수 있다.

하주언

　나는 오늘도 고객의 삶을 듣고, 아직 오지 않은 미래를 함께 준비하며 글을 쓴다. 힘든 시기에는 글을 썼고, 아픈 시기에는 운동을 했다. 내가 할 수 있는 것들을 찾아 그 안에서 스스로 위로했다. 누군가의 아내, 엄마, 딸이기 전에 '나 자신으로 살고 싶다'라는 깊은 외침이 있었다. 그 외침은 나에게 걷는 법을 알려주었고, 마음을 글로 표현하는 방법을 가르쳐주었다. 이 책이 누군가에게는 자신의 삶을 돌아보는 작은 계기가 되기를, 또 누군가에게는 다시 한번 삶을 선택할 용기가 되기를 바란다. 내 이야기는 여기서 잠시 멈추지만, 각자의 삶은 계속 이어질 것이다.

장은경

　일상생활에서 나는 요리를 잘하는 일이 취미가 되고 주변에서도 인정해 주었다. 삶은 종종 예기치 않은 방향으로 흘러간다. 요리가 그렇다. 요리는 고단한 삶이었던 나에게 즐거움을 주었고, 나의 삶을 든든하게 지탱해 주는 버팀목이 되었다. 때로는 벼랑 끝에 몰린 듯 막막한 순간도 있었다. 그때 나를 다시 일으켜 세운 것은 라인댄스라는 취미였다. 음악에 맞춰 몸을 움직이면서 스트레스를 풀고 삶의 활력을 다시 찾을 수 있었다. 사람은 자기 자신을 기쁘게 하는 일로부터 다시 살아갈 동력을 얻는다. 그 절망의 끝에서 삶의 활력을 찾기 위해 시작한 글쓰기였다. 글쓰기로 살아갈 희망을 얻는다.

황의순

생애 주기별 내 주위에는 나를 돕는 이가 있었다. 나 혼자 여기까지 온 것이 아니다. 과거의 행복을 떠올리는 건 현재의 나에게 정서적 연료를 넣는 행위이다. 현재의 나를 살리기 위해 삶의 빛을 다시 불러오는 것이다. "나는 다시 괜찮아질 수 있는 사람이다"라는 조용한 이야기이다. 여전히 흔들리는 마음으로 살아간다. 몸이 아픈 날에는 회복이 더디고, 마음이 무너지는 날에는 아무것도 할 수 없을 것 같아진다. 과거의 행복한 순간 회상하기, 평생 학습, 독서, 등산, 글쓰기 취미로 나를 다시 세우고 행복한 순간들의 추억을 쌓아간다.

윤은영

20대에는 평범한 직장인이었다. 상사와 함께 한 등산이 건강에 활력을 주었다. 우연히 모은 우표수집은 세상을 보는 눈을 갖게 해주었다. 무대막 뒤에서 인형을 움직이던 시간은 나를 세상이라는 우물 밖으로 나올 수 있게 도왔다. 작은 취미들이 내 삶의 지렛대가 되고 있다. 이제 영상 편집과 글쓰기로 '나'라는 브랜드를 만들어 간다. 취미는 단순히 시간을 때우는 놀이가 아니라, 인생의 결정적인 순간 구원해 줄 무기이다. 만약 지금의 일상이 공허하다면, 책 속에 담긴 작은 시작들에 귀를 기울이면 된다. 무심코 심은 취미라는 씨앗이 복리로 불어나 미래를 어떻게 바꾸어 놓을지, 가슴 벅찬 기적을 만났다.

이예주

이 글을 쓰면서 나는 오랜 시간 걸었다. 젊은 날 산에서 길렀던 체력과 무모하게 시작했던 장사, 늦게 만난 디지털 배움 그리고 글쓰기까지, 돌아보니 나의 삶은 늘 넘어졌다가도 다시 일어나는 시간의 연속이었다. 살다 보면 마음대로 되지 않는 날이 더 많았다. 열심히 살았는데도 흔들렸다. 잘 버텼다고 믿었는데도 지칠 때가 있다. 지금 힘든 하루를 지나고 있다면 오늘은 그저 버틴 것만으로도 충분하다고 말하고 싶다. 조금 늦어도 괜찮다. 천천히 걸어도 괜찮다. 중요한 건 다시 제자리로 돌아오는 마음이다. 언젠가는 당신도 당신만의 속도로 다시 걸어 나갈 거라 믿는다. 당신의 내일에 작은 빛이 머물기를 바란다.

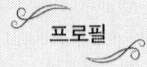

정영미

〈제이와이엠 인형이야기〉 1인기업 대표이다. 영양사로 5년 동안 재직 후 결혼했다. 아이들 키우며 동화구연, 연극놀이, 인형극지도사 자격 취득하고 수업하는 23년 차 강사이다. 교육심리석사이다. 인형을 활용해 아이들에게 웃음과 감동을 주며 교육하고 있다.

공저: 『평생 배우는 사람들』
블로그: https://blog.naver.com/jym1588
유튜브: https://www.youtube.com/@말년할머니의시시콜콜

이은진

운동과 기록으로 일상을 회복해 온 병원 근무 15년 차 간호사이다. 버티는 삶을 넘어 오래 일하고 잘 살아가기 위한 시간을 연구하고 기록해 왔다. 배우고 놀기를 좋아한다. '피할 수 없으면 즐겨라'가 인생 신조이다. 운동, 다이어리, 글쓰기를 취미처럼 이어오며 나만의 성장 방식을 만들어 가고 있다.

공저: 『인생 꽃을 피우는 시간』 『평생 배우는 사람들』
블로그: https://blog.naver.com/say2580say92

손경애

한국도자기에서 24년 근무했다. 2005년 55세에 고입·대입 검정고시를 치르고, 2006년 충청대학교에서 늦깎이 대학생으로 공부했다. 2011년 대전대학원 석사학위를 취득하고, 사회복지사, 간호조무사, 보육교사 자격증을 취득한 후 한의원, 어린이집, 천안시 건강가정지원센터에서 근무했다, 76세 작가의 꿈을 가지고 취미로 글을 쓴다.

블로그: https://blog.naver.com/sonk1221

권광택

환희개발㈜, 옥산아스콘㈜, 옥산레미콘㈜을 설립하여 100여 명의 임직원이 일하고 있다. 국제라이온스협회 356-D지구 총재, 충북 새마을회 회장, 충북도의회 의원을 역임했다. 30대에 검정고시를 치른 이후 학업을 이어나가 고려대학교 경영 정보대학원 석사학위를 취득하고, 충청대학교에서 강의했다. 현재는 전원주택에서 정원 가꾸기와 글쓰기를 통해 인생의 새로운 장을 열어가고 있다.

하주언

유치원 교사로 아이들과 함께하던 시간을 뒤로하고, 결혼과 함께 경력 단절이라는 현실을 마주했다. 현모양처로 살겠다는 다짐과 달리 삶은 다시 한번 선택을 요구했고, 그 선택에 한화생명이 있었다. 글쓰기로 고객의 삶을 기록하고 마음을 연결하며, '나는 고객관리 No.1 설계사'로 성장 중에 연수원에서 강의하는 강사이다.

블로그: https://blog.naver.com/ww1929ww

장은경

요양보호사로 4년간 일했다. 간호조무사 5년, 요양 시설에서 5년 근무했다. 어르신 돌봄 현장에서 일했다. 이후 생계에 보탬이 되고자 자신 있는 요리 취미로 반찬가게를 열어 6년이라는 시간을 쉼 없이 달려왔다. 하지만 두 번째 장사는 아파트 공사 현장에서 백반집 2년 만에 경기 불황으로 폐업을 맞이했다. 공부한 후 다시 재기했다. 현재는 두찜 체인점을 운영하고 있다.

블로그: https://blog.naver.com/cjw4842

황의순

독서심리상담사, 평생 교육사, 독서교육, 그림책 활동 강사이다.
아들 2명 키우며, 학교 현장에서 그림책으로 다양한 주제 이야
기꽃을 피우며 융합 놀이 활동하고 있다. 삶을 성찰하는 글 쓰
면서 하루하루 맛깔스럽게 살고 싶은 것이 꿈이다.

블로그: https://blog.naver.com/sebinhwa77
유튜브: www.youtube.com/@sebinhwa

윤은영

아이와 함께하는 일상의 즐거움을 기록한다. 전업주부에서 어
린이들의 다정한 친구, 인형극 전문가로 거듭났다. 동화구연,
책놀이, 인형극 자격을 취득하고 현장에서 아이들과 눈을 맞추
며 생생하게 재미나게 수업하고 있다. 현재 충북 지역을 중심으
로 활발한 인형극 공연을 하고 있으며, 이제는 전국의 아이들에
게 꿈과 웃음을 전해주는 인형극 강사다.

블로그: https://blog.naver.com/redgirlann

이예주

충북 음성군에서 음식점 〈해찬솔〉을 하고 있다. 처음 요식업 2006년도에 시작했다. 20년 동안 외길을 숨 가쁘게 달려왔다. 이제 인생 2막의 새로운 꿈을 꾸며 준비 중이다. 컴퓨터 스마트 폰 자유롭게 활용하기 위해 꾸준히 배우며 늦은 나이에 글쓰기에 참여해서 공저 집필 중이다.

블로그: https://blog.naver.com/dc2470